集英社オレンジ文庫

おたくの原稿どうですか?

池袋のでこぼこシェアハウス

泉 サリ

本書は書き下ろしです。

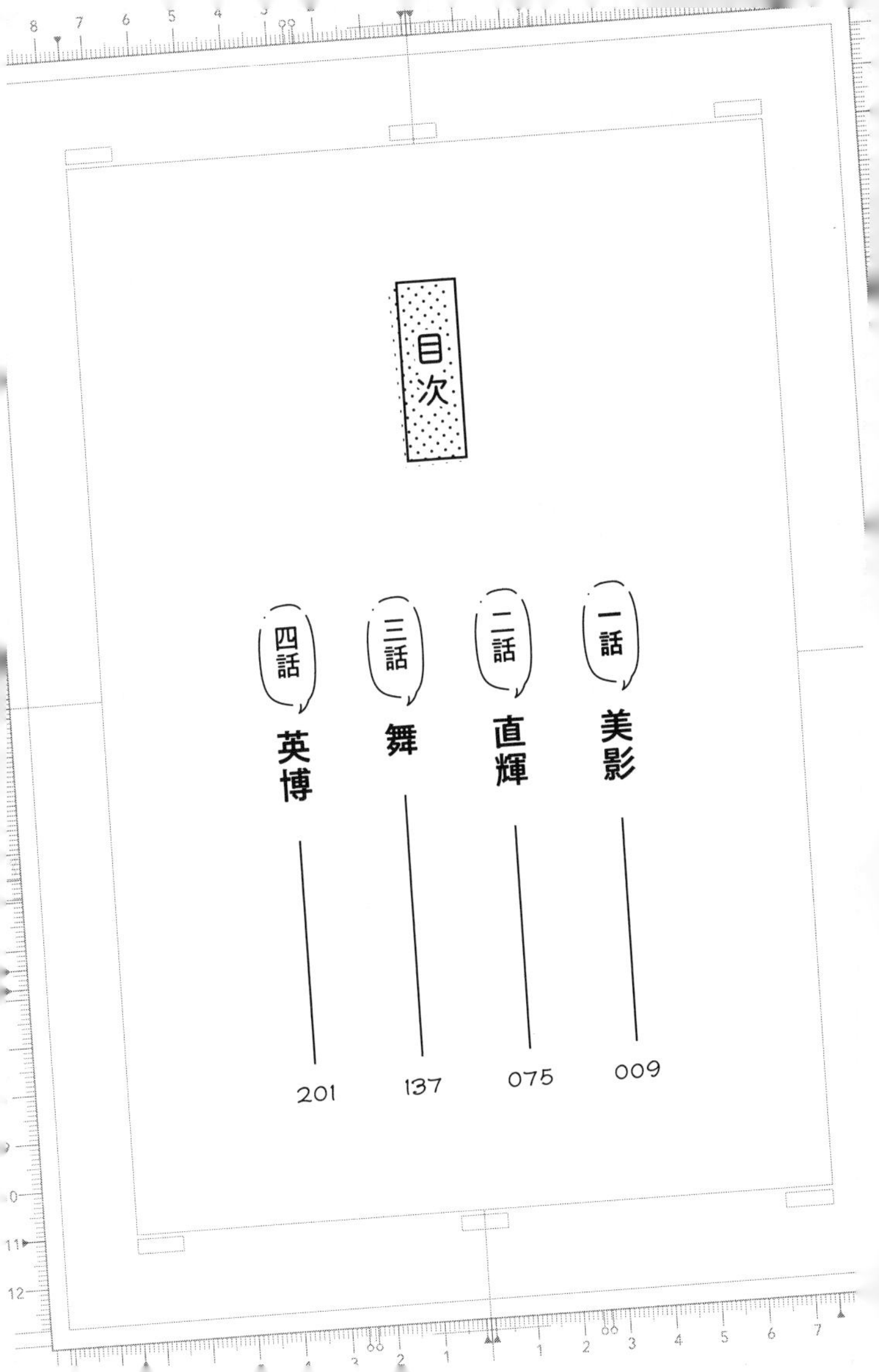

目次

シェアハウスの住人達

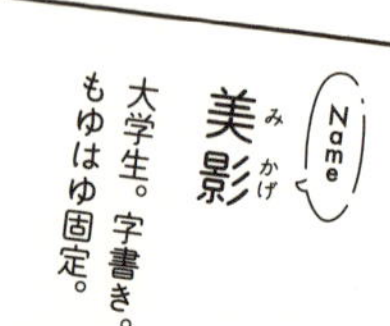
Name
美影（みかげ）
大学生。字書き。
もゆはゆ固定。

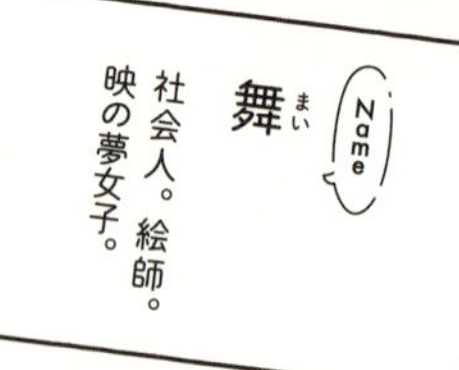
Name
舞（まい）
社会人。絵師。
映の夢女子。

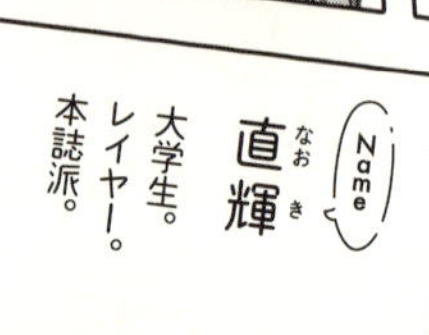
Name
直輝（なおき）
大学生。
レイヤー。
本誌派。

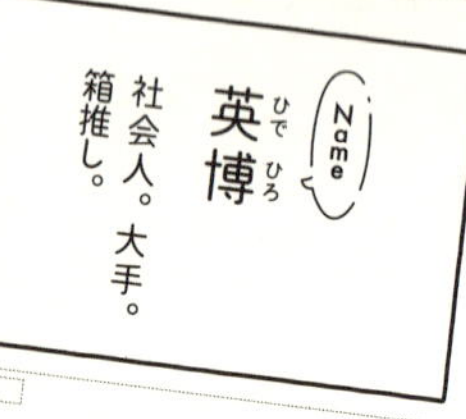
Name
英博（ひでひろ）
社会人。大手。
箱推し。

『超絶テニス燃くん』
燃（もゆる）
主人公。中学一年生。
映（はゆる）
燃の双子の兄であり、
ライバル。
週刊少年ガッツで
連載10年を迎える
スポーツ漫画。
通称『ちょテニ』。
02

イラスト／島　順太

池袋のでこぼこ
シェアハウス

おたくの原稿どうですか？

Presented by Sari Izumi

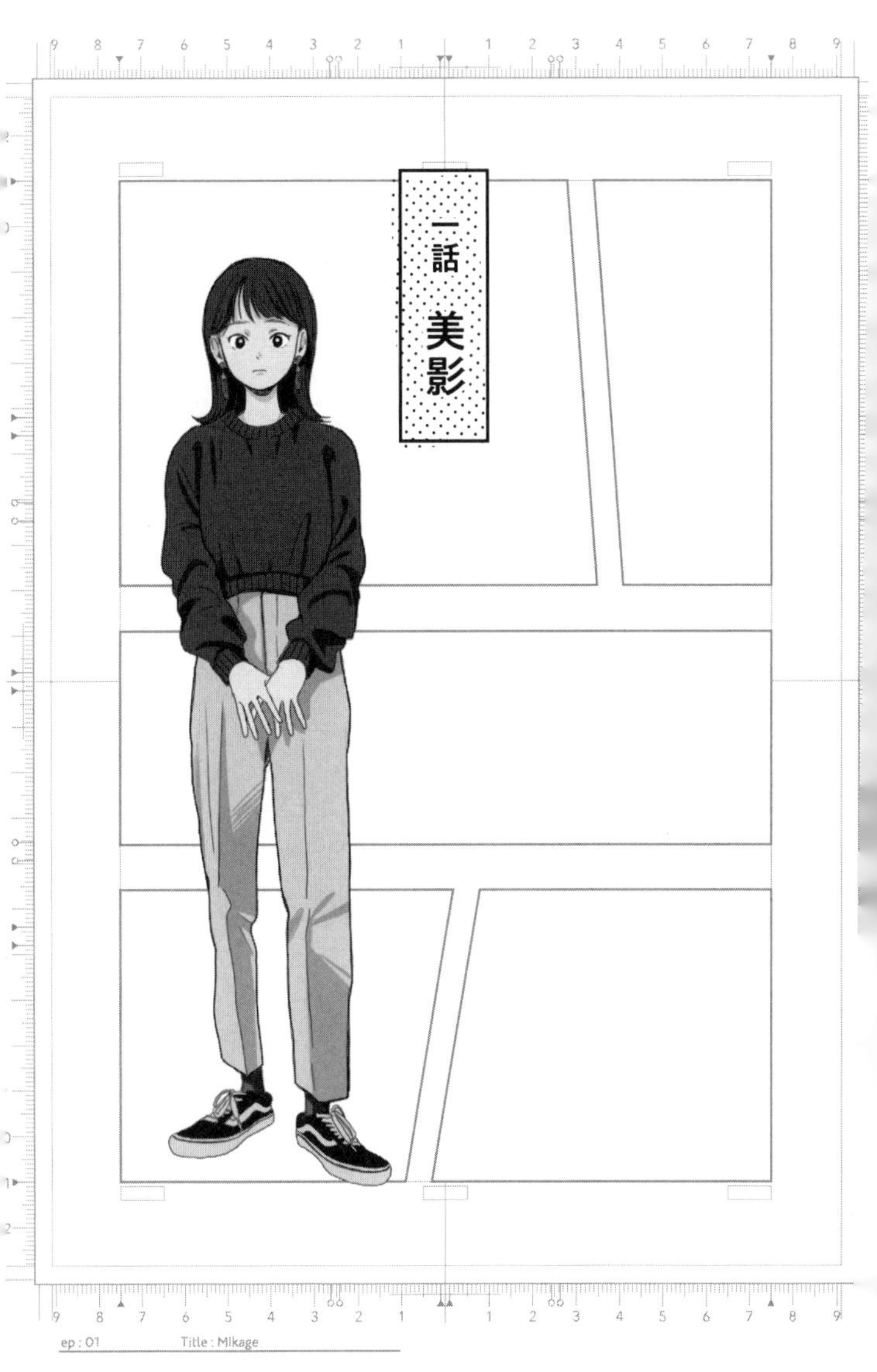
一話　美影
ep : 01
Title : Mikage

「今日、スーパー寄って帰ろうぜ」

3限が終わって9号館を出ていこうとした瞬間に声をかけられて、ほんとにいた、とまず始めに思った。直輝と大学で話すのは初めてだった。

この講義は全学共通カリキュラムだから、どの学部の学生でも取れる。それに、毎週開始ギリギリに来て後ろの方に陣取るパリピ集団のことは、以前から認識してはいた。だけど目を合わせるのは怖くて、いつも視界の端だけで捉えるようにしていた。だから直輝がその中にいるのか確信を持てていなかったけれど、話しかけられて今、わかった。ほんとにいた。

「なあ、スーパー」

私が硬直していると、彼は不思議そうに繰り返した。シルエットがゆったりしたデニムのポケットに手を突っ込み、踵に重心を乗せて軽く体を揺らす。綺麗にセットされた髪から、きりっとした形に整えられた眉が覗いた。直輝は身長160センチの私と同じくらいだけれど、背中から翼が生えているかのような、雄大な存在感で人の目を引きつける。

「ごめん私、今日5限まであるから……」

「俺もある。終わったら駅入ったとこにあるやつでいい？　酒とチーズ買ってこいって、舞さんから連絡あった」

「え、グループラインで？　見てない……」

リュックのサイドポケットに入ったスマホを取ろうとして横着した。持っていたコンビニの袋から、ペットボトルのお茶が落ちる。「ほんとドジ」そう言って直輝は短く笑い、ペットボトルを拾って袋に戻してくれた。

「じゃ、後でな」

彼は軽く手を振って、友達集団の方へ戻っていく。口にピアスを開けた人が私にちらっと目を向けて、直輝に何か尋ねていた。ああいう人たちに噂(うわさ)されるのって、内容がわからないと余計に心臓に悪い。目の前にバリケードを築くみたいに、私はスマホの画面に視線を落とした。

〈大学生ズ、帰りにスーパーかコンビニでラムレーズンが入ったクリームチーズとサングリアの赤白1本ずつお願いします♡〉

舞さんからのメッセージに、直輝は〈もちろんだぜ！〉とデフォルメの燃(もゆる)がスマッシュを決めているスタンプを送信していた。それにまた舞さんが反応して、同じシリーズの目をうるうるさせた映(はゆる)のスタンプを5連続で返している。〈うるさい。仕事しろ〉3分前の飯間(いいま)さんに、舞さんが涙目のリアクションをしたところでやり取りは途切れていた。みんなの通知を増やさないよう、私は既読を付けるだけにしておく。

立場も性格もまるで違う私たちの共通点はただ1つ、山頭社(さんとうしゃ)の『週刊少年ガッツ』で連載中の「ちょテニ」こと『超絶テニス燃くん』を激推ししていることだ。元々交流があったわけではなく、知り合ってからまだ1ヶ月しか経っていない。まさか私がシェアハウスに住むことになるなんて、それまでは夢にも思っていなかった。

元を辿れば、1枚の付箋がすべての始まりだった。連載10周年とアニメの4期放送を記念して、アニメイト池袋本店で原画展が開催されたのだ。ああ、大学のキャンパスが池袋にあって本当に嬉しい！　今回の展示だけじゃなく、ちょテニのコラボカフェや新刊イベントは大体この場所で行われる。五階には作者の五色先生のサイン色紙もあるし、なんかもう、できれば住みたいくらいだ。

開催期間のちょうど真ん中、6月30日は燃と映の誕生日で、会場の出口付近にメッセージを書くスペースがあった。白くて長い机の上に、12色入りのサインペンが2箱と、正方形をした付箋の山が載っている。隣には2人の等身大パネルがあって、好きな位置に付箋を貼り付けられるようになっていた。

〈おめでとう！　ずっと大好き〉〈永遠の推し〉〈京極先輩「双子なんやから仲良うしいや」〉〈二人に憧れてテニス始めました〉〈映くん結婚して〉〈↑アウト。15歳です〉〈生まれてきてくれてありがとう〉〈めでたい　祝日にすべき〉いろんな筆跡の、いろんな愛の言葉がそこにはあった。即席でファンアートを描いている人もいて、ろうそくが刺さったカツ丼とイチゴタルトを前に、涎を垂らしている燃と映のイラストは特に可愛い。監視するような位置に貼られた「撮影禁止」の表示にあーあと思いながら、私も水色の付箋とピンク色のサインペンを手に取った。

〈HAPPY　BIRTHDAY　もゆはゆ！〉

そう書いてから顔を上げると、パネルの足首あたりに貼られた付箋が目に留まった。黒いボールペンの細い線で、びっしりと書き込まれている。つい気になって、中腰になって目を凝らした。

【ルームメイト募集】
池袋駅徒歩10分、築10年、風呂トイレ男女別、キッチン共用。1人につき6畳の個室あり。家賃4万。敷金礼金いりません。条件は以下の2点。
1．『超絶テニス燃くん』の同人活動をしている方。小説、漫画などジャンルは不問。
2．共に今年12月のコミケにサークル参加可能な方。
希望者は090-8×0×-7×52の飯間までTEL

「掲示板か」

思わず突っ込んでしまった。大学入学と同時に実家を出てから、明らかに独り言が多くなっている。「クセになってんだ、１人の時に喋るの」この前、幼馴染のあかちゃんにふざけて言ったら「面白くないよ」と真顔で返されて地味に凹んだ。

　コミケと言えば去年の夏、熱中しているゲームの同人誌を出したあかちゃんに売り子として同伴したのが初めてだった。長い机の上にパッチワークのクロスを敷いて、ポスターハンガーに拡大した表紙をぶら下げ、お会計用のカンカンに小銭をぎっしり詰めた。高校の文化祭みたいで楽しかったけれど、あかちゃんのイラスト集は５時間半で５冊しか売れなかった。刷ったのが20冊だけだったことと、憧れのレイヤーさんに買ってもらったこともあって本人はケロッとしていたが、私はかなりショックだった。だって身内の贔屓目を抜きにしても、あかちゃんは相当絵が上手い。それでも売れないってことは、フォロワー15人の私がもゆはゆのＢＬ小説を本にしたところで、需要って一切ないんじゃない？　そう考えると勇気が出なくて、サークル参加は夢のまた夢って感じだった。

　見間違いじゃないかと思って、私はもう一度ちゃんと付箋を読んでみる。やっぱりそこには「ルームメイト募集」と、「サークル参加」の文字があった。どうやらこの飯間という人とルームシェアをすれば、12月のコミケで合同誌を出せるらしい。これなら１人で本を作るより、たくさんの人に手に取ってもらえる可能性が高い。

　とはいえ、さすがに募集の仕方が怪しすぎる。悪ふざけかもしれないし、そもそも自分が他人と暮らせるようなコミュ力のある人間だとは思えない。現に今、大学で友達全然いないし。

そこまで考えて、もう1つ思い出したことがあった。梅雨の時期に入ってから、勝手に付いたり消えたりする部屋の電気のことだ。LEDを取り替えたり叩いたりしてみても直らず、怖いから最近は週の半分くらいをあかちゃんの部屋で過ごしていた。だけど早稲田から池袋は地味に遠くて、通学だけで交通費がかさむ。引っ越し先を探したけれど、条件に合う物件がなかなか見つからなかった。敷金礼金なしで家賃4万円なんて、普通ならまずありえない話だ。思わず唾を飲み込むと、不自然なくらい大きな音が鳴った。

「……あの。どいてもらっていいですか?」

突然声を掛けられて飛び上がった。振り返ると、メッセージを書いたらしいお客さんが真後ろに立っていた。しまった、絶対もゆはゆの脚ガン見してる変態だと思われた。いや変態なのは間違いないんだけど、それでもやっぱり恥ずかしかった。

「すみません」

私は慌てて会釈してから、付箋の電話番号を暗記してパネルの前を離れた。忘れないうちにスマホのメモに入力しておく。そのまま、早足でグッズ売り場に向かった。

この前のガッツフェアで色々買っちゃったから今回はスルーでいいかな、なんて思っていたのに、実物を見たら我慢できなくなってしまった。図録とアクリルブロックと感温マグカップ（温かい飲み物を注ぐと、映の「冷えたね……」が燃の「ウオオオオ」に変わる）は必須。クリアファイルとレターセットだって使う予定はないけれど、こんなんなんぼあってもいいですからね。ランダムのアクスタは双子が揃わなかったらショックだから断腸の思いで諦めて、商品の棚を振り返らないようにしながらレジに進んだ。持ち手が伸びてしまわないよう、限定のショッパーを腕の中に抱えてエレベーターに乗り込む。スキップしたい気分でアニメイトを後にした。

『どうだった？　展示』

　その日の夜、あかちゃんから電話で訊かれた。

「最高でした」

『よかったね』

「よかったよ～」

　スマホをベッドに放り出し、寝転んで思い切り伸びをする。明日の1限に備えて、今日は大塚にある自分のアパートに帰ってきたのだった。外は梅雨特有のじめっとした天気で、遠くから微かに雷の音が聞こえる。

「そういえば、展示の最後に変な付箋があってさ」

『付箋？』

「なんか時々あるでしょ、キャラクターにメッセージ書けるスペースみたいな」

『あー、作者の先生とか声優さんのが紛れてる系の……』

「そうそう、理解早くて助かる」

私がルームメイト募集のことを説明すると、あかちゃんはひとしきり笑った後『気を付けた方がいいよ』と真面目な声で言った。

『電話するつもりなの？』

「どうかな……」

『美影は押しに弱いからさ。変な詐欺に引っかかって、壺とかテキスト売りつけられちゃわないか心配。東京には怖い人いっぱいいるんだよ。うちらみたいな栃木県産乙女なんて、気緩めたら即アウトだからね』

「ごもっともだけど、イチゴみたいに言わないでよ。そんな可愛いもんじゃないでしょ」

『いーや、美影には内緒にしてたけど、うちの父ちゃんが作ってるとちおとめのトチはトチくるってるのトチだから。腐女子と同意義』

「嘘つけ」

あかちゃんの笑い声がスマホのスピーカーから聞こえた瞬間、バチンと音がして部屋が真っ暗になった。

「ヒッ」

『何!?　大丈夫？』

「また電気消えた……」

どちらかと言えば怖さよりもうんざりした気持ちの方が強かったが、それでも不安になって私は膝を抱えた。

暗闇の中で、スマホの画面の明かりだけがぼんやり周辺を照らしている。思えば小学生までは、テレビで心霊番組を観てしまった夜は、決まって弟とくっついて眠っていた。米を山ほど食べて私の背を抜かしゆく前の、あの忠犬のような体温が恋しかった。独り暮らしを始めて以来、静まり返った家に帰ることの寂しさが身に染みるようになった。加えて今は怪奇現象のおまけ付きだ。本当に勘弁してほしかった。

『……美影？　無事？　急に静かになりましたけど』

布団の上に置いたスマホから、あかちゃんの声が聞こえる。

「うん……だいじ」ょうぶ、そう答えようとしたところで、ぴとん、と首筋に冷たいものが落ちてきた。

「もう！　なんなの！」

慌てて天井を見上げたけれど、電気が消えているから当然何も見えない。落ち着け、と自分に言い聞かせた。とりあえず、ブレーカーを確認しなければ。

ベッドから起き上がった途端、床の上で水たまりを踏んだみたいな音がした。え、と思う間もなく、足が滑って重心が傾く。まずい、このままだと転ぶ。咄嗟に判断して、ベッドの脇にある本棚の縁を摑んだ。助かった。そう思った瞬間、またしても体が傾いた。

「ぎゃあああっ！」

　私の体重を支え切れず、漫画と同人誌をギチギチに並べた本棚が、倒れかかってきていた。巨大な影が目の前に迫る。このままだと押しつぶされる。圧死を覚悟した瞬間、脳内をアニメ版ちょテニのもゆはゆシーン総集編が走馬灯のように駆け抜けていった。ダメだ、今死ぬわけにはいかない！　私は咄嗟に枕で頭を覆った。ここでくたばってなるものか。来月にはアニメ４期が始まるのだ。原作だって完結していないのだ。

『……生きてる……？』

　雪崩が収まった後、あかちゃんがこわごわ尋ねてきた。

「生きてる」

　私は本の山から顔を出して答える。次の瞬間、何かが弾けるような音がして電気が点いた。本棚のせいで部屋はめちゃくちゃだ。あかちゃんしか遊びに来ないのをいいことに、堂々と並べていた破廉恥な薄い本たちが散らばり、とんだ芸術作品みたいになっている。さらには床全体がみるみる浸水していて、これがほんとのナイトプール、違う、馬鹿なこと考えてる場合じゃない。この水は、一体どこから来たわけ？

『何があったの？　すごい音したけど』

「わかんない。……あかちゃん」

『何？』

「私、あの付箋のところに電話してみるわ。これ以上ここに住みたくない。幽霊よりは、人間の方がマシだもん」

『……ちょ、ちょっと待って、急すぎやしないか』

混乱しているあかちゃんをよそに、私は自分の決意が固まっていくのを感じていた。「好きなことは人を繋ぐ」って、五色先生も作中で何度も言ってるし。いたずらだったり、胡散臭かったりしたらやめればいいだけだ。

運よく無事だったテーブルの上では、インスタントの卵スープに温められたマグカップの燃が「ウオオオオ」と炎に包まれていた。花火と花火をくっつけて火を移したみたいに、私の心も徐々に熱くなっていく。とりあえず、大家さんに訊いてこの水がどこから来たか突き止めなきゃ。気合いを入れてベッドから飛び降り、同人誌の山をジャンプして飛び越えた。

『超絶テニス燃くん』の主人公は、世界的なテニス用品ブランド・CHOZの御曹司である超絶燃。高校入学前日の夜、燃は社長である父から「テニスが下手な奴に会社を継がせる気はない。まずは日本一になれ」と言われ、双子の兄・映からも宣戦布告される。燃本人は会社を継ぐことには無関心で、全国優勝だけを目指して強豪・爆裂学園のテニス部に入部する。良きライバルであり仲間でもある部員たちと、切磋琢磨しながら燃は強くなっていくのだった……。

　ここまでが、布教の機会に恵まれた時に即座に勧められるよう、私が考えたあらすじである。今のところ1回しか使えていない。その1回の相手だった弟は「ふーん。でも俺、野球派だしな」と言って、自分の坊主頭くらいあるおにぎりをむしゃむしゃ食べていた。

　同人誌浸水事件の原因は、結局、幽霊じゃなくて1つ上の階の住人だった。お風呂を溜めているのをうっかり忘れたまま出張に行ってしまい、あふれ続けた水が染み出して電気回線に影響していたらしい。上から降ってきていた水もそのせいだ。

　ともあれ、修理に1ヶ月近くかかるとのことで、私は今すぐ引っ越すか、荷物を運び出してよそで過ごすか選ばなきゃいけなくなってしまった。あかちゃんはうちに来ればいいと言ってくれたけれど、ここは一つ、チャレンジを試みてみることにする。

　事件の原因がわかった翌日、私は付箋に書かれていた番号に思い切って電話をかけた。電話って、今のところ世界で3番目に苦手だ（1位はバイト先のクレーマー対応、2位は大学の講義で爆睡してる知らない人を起こしてカードリーダーを渡すこと）。事前にカンペを作っておかなければ不安でしょうがない。

〈もしもし、突然お電話してすみません。私は倉澤という者ですが、ちょテニ展のパネルに貼られていたルームメイト募集を見まして。こちらの番号で間違いないでしょうか〉

いらなくなったレジュメの裏にそう書いて、エイヤッとスマホのダイヤルボタンを押した。

『はい、飯間です』

しばらく待ったのちに聞こえてきたのは、定規を当てたみたいに角ばった男の人の声だった。

『どちら様ですか？』

不審そうな様子を隠しもしない口調だった。

「あの、私ちょテニがすごい好きで」

相手が電話に出た瞬間、カンペのことが頭から吹き飛んでしまった。『……はあ』と、飯間さんは要領を得ない相槌を打ってくる。

「大学が池袋にあって、この間アニメイトに寄ったんです。あ、寄ったっていうか、その日外出したのは講義より原画展が目的だったんでまあそっちがメインって言うべきですけど」

泣きたい。今の私、めちゃくちゃ嫌なオタクでしかない。だけどブレーキが利かなくて、猛スピードでまくし立てる自分の口を止められなかった。飯間さんはさっきから黙り込んでいる。もしかしてドン引きしているのだろうか。あの付箋がいたずらで、全然関係ない人の番号だったらどうしよう？　その可能性に思い当たってゾッとした。もしそうだったら、いくらなんでも死にたすぎる。

「ルームシェアの付箋を見たんです……」

どうにか私はそこまで言った。口から心臓が飛び出しそうだった。

『それは、興味あるってこと？』

飯間さんはいくらか不信感が薄れた声で訊いてきた。

「はい」

『おたく、名前は？』

「オタ……？　倉澤美影です」

『あっそう。倉澤さんさ、とりあえず内見に来てください。今から住所教えるんで』

それから飯間さんはこちらに一切の余裕を与えず『豊島区東池袋1の14の……』と住所を言い始めた。

「ご、ごめんなさいもう1回お願いします」

メモを取る手が追いつかずに慌てて頼む。ええ、と飯間さんはわずかに苛立ったような声を発して、今度は少し遅めに繰り返した。

『メモできた？』

「はい」

『今週の日曜の午前10時。わかった？』

「はい」

『遅れないでよ』

「はい……」

最後の方はなぜか怒られた気分になって、通話はようやく終了した。忘れないうちにスマホのカレンダーアプリに〈10時内見〉と入力しておく。一気に全身の力が抜けて、ベッドの上に倒れ込んだ。サイドテーブルに置いてある麦茶の入ったマグカップが、「冷えたね……」と映の囁き(ささや)きを映していた。

それから日曜になるまで、四六時中ドキドキしながら過ごした。不安だからあかちゃんに付き添いを頼んだけれど、当日になって彼女は熱を出した。

『ごめんってほんとに』

出かける10分前、電話で心底しんどそうな声で言われて、責める言葉なんか思い浮かばなかった。

「何か買って届けるものある?」

『ない、大丈夫、グッドラック』

そのやり取りを最後に通話が切られた後、前にテレビで見た映画の溶鉱炉(ようこうろ)サムズアップを思い出した。

上京する時に父から渡された防犯ブザーを鞄(かばん)に入れて、教えてもらった場所まで歩いて向かった。相変わらずの曇り空だが、傘は使わずに済みそうだ。昨夜の雨でできた水たまりが、淡い色をした太陽の光を映していた。

10時の5分前に目的地に着いた。池袋で家賃4万というからどんなボロ屋かと身構えていたが、外観はなんてことない普通の戸建てだった。他とは違うところがあるとすれば、ドアの脇に埋め込み式の郵便受けが4つ並んでいることくらいだ。

「内見の人？」

聞き覚えのある声がして振り返ると、黒縁眼鏡(くろぶちめがね)をかけた男の人が立っていた。右手をポケットに突っ込み、左手でコンビニの袋を持っている。

「あ、はい。倉澤美影です」

私が名乗ると、男の人――たぶん飯間さんは「そう」とスンとした顔で頷(うなず)いた。痩(や)せた態を思わせる顔立ちで、短い髪の左側がヒュンと撥(は)ねている。明らかに寝癖(ねぐせ)だったが、本人は気にしていないようだった。ボーダーのカットソーに薄手のパーカーを羽織(はお)り、ベージュのチノパンを穿(は)いている。足元はくたびれたスニーカーだった。

「どいて。鍵(かぎ)開けるから」

「あ、はい」

上下2つあるナンバー式の鍵のうち、下の方に番号を入力して彼はドアを開けた。

「玄関で靴(くつ)脱いで。掃除(そうじ)したから、靴下でも汚くない」

た。

「スリッパ持ってきました」
「好きにしていいよ」
そう言って、すたすたと先に入っていってしまう。私は慌ててドアを押さえて後を追っ
靴脱ぎ場に入ってすぐ脇に、小さな傘立てが置かれていた。持ち手が擦り傷だらけにな
ったビニール傘が1本刺さっている。玄関の目の前は短い廊下(ろうか)で、左側には靴棚があり、
右側にはホワイトボードが掛けられていた。キャップにクリーナーが付いた黒のペンが1
本と、赤青緑黄のマグネットが1つずつくっついていた。
「こっちがリビングダイニングとキッチンで、反対側はランドリールーム。洗濯機(せんたくき)はフリ
ーだけど、乾燥機はコイン式で100円入れないと動かない」
飯間さんが指さしたドアには、〈LAUNDRY〉と石鹸(せっけん)のマークがついたピクトグラ
ム風のステッカーが貼られていた。家というよりホテルみたいな印象を受ける。
「食事は基本的には個人で、休日は当番制。住人同士で頼んで代わってもらうことも可能
にしたいけど、その場合は月に3回までとか、なんらかの制約を設けるつもり。変なとこ
ろで軋轢(あつれき)が生じると面倒だから」
「あ、あの」
「何?」

「ここ、今は誰が何人で住んでるんですか」

「僕だけ。後は僕の知り合いの入居が決まってて、別で今日もう1人内見に来るよ。遅刻してるけど」

　言いながら飯間さんは冷蔵庫へ向かい、コンビニの袋から出したオレンジジュースのパックと食パンをしまった。

「その人も、等身大パネルに貼られた付箋を見てくるんですか？」

「そうだけど。何か問題ある？」

「……いえ、ないです」

　私が首を振ると、飯間さんは大して気にした様子もなく「あ、そう」と軽く頷いた。

　気まずい……！　私は胃のあたりが小さく痛むのを感じる。飯間さんの喋り方は冷たいというより、普通の人ならば取れているはずの角が取れていない感じがした。それがこの人にとっての普通なのだろうとは思うけれど、1つ訊いたら1つ返ってくるだけの一方的な会話に、こちらの心が折れるのは時間の問題である。

　シェアハウスの1階には、リビングダイニングとキッチンとランドリールームの他に、シャワールームと6畳間が1部屋あった。「僕の個人スペースだから」と部屋の中までは見せてくれなかったが、飯間さんの生活は2階を使わずとも完結しているらしい。

「キッチンのラックに置いてあるレンジとトースターと炊飯器とケトルは共用。他にも全員で使う家電だったら、折半(せっぱん)して購入することもできなくはない。ここまでで質問ある？」

「いえ、ないです」

「ＯＫ」

あかちゃんがレンジを欲しがっていたので、もし住むことになったら買い取ってもらおうと頭の片隅で考える。というかそれ以前に、一刻も早くこの気まずい空気をどうにかしたかった。遅刻しているもう１人の見知らぬ誰かに向かって、今すぐ来てくれと心の中で念を送った。

「女子の風呂とトイレは上にあるから」

念が通じたのかは不明だが、飯間さんが階段を上がろうとした途端、インターホンが鳴る音がした。

「来たんじゃないですか？」

「そうだね」そんなことはわかっているとでも言いたげに、飯間さんは目を細めて玄関へ向かう。私はホワイトボードの横で、彼がドアを開けるのを見守った。

ガチャ、と音がして外の空気が流れ込んできた時、誰の姿も見えなくて私は目を疑った。しかし次にまばたきをして目を開いた瞬間、飯間さんの陰から飛び出してきたその人を見て、眩(まぶ)しい光が差し込んできたかのような錯覚(さっかく)を覚えた。

「こんちは！」

　小柄な、髪を金色に染めた男の子が、満面の笑みで挨拶した。

「こ、こんにちは」

　勢いに気圧されて挨拶を返すと、彼は私の顔を見てアッと目を見開いた。

「なあ！　俺のことわかる？」

「えっ」

　誰に訊いてるのかと思って思わず振り返ったけれど、当然私の後ろには誰もいない。どう返せばいいのかわからずに立ち尽くしていると、「知り合い？」と飯間さんが怪訝そうに尋ねた。

「はい、同じ大学っす。土曜の3限に心理学取ってる」

　確かに、心理学なら私も受講している。だけど毎週1人だし、こんな人と話をした覚えはない。一方的に認識されていたということだろうか？　こんなに目立つ人が地味な私のことを、どうして？

　わけがわからないままでいると、目の前に手を差し出された。

「俺、伴直輝。経済学部2年。よろしく」

「あ……倉澤美影です。文学部2年」

　人懐っこい笑顔に引っ張られるようにして、私は直輝の手を取った。硬く乾いたペンだこがある、私とさほど変わらない大きさの手だった。握手なんて、誰かと改まってしたのはいつぶりだろう。不思議と嫌ではなく、温かい飲み物が胃に収まったみたいな心地がした。

「2階、見せるけど」

一部始終をそばで見ていた飯間さんが、ぶっきらぼうに言って階段を上っていく。

「おお、さっそく！」

直輝が目を輝かせてすっ飛んでいった。私は後からゆっくり後を追う。どこかのホテルのアメニティだった薄っぺらいスリッパは、注意していないと足を取られてしまいそうな頼りなさがあった。

家具の類が一切置かれていないからか、2階は床材の木の匂いが強かった。上京する時、家賃の問題で諦めた物件の床と同じ色をしていた。ブラックチェリー材だと不動産屋のお姉さんが言っていたことを思い出す。

先ほど説明された通り、廊下の奥にまず風呂とトイレがあった。どちらもまだ新しく、追い炊き機能とウォシュレットが付いている。

「1年くらい使ってないけど、掃除はたまにしてるから」

そう口にする飯間さんの横を、「すげーなんもねえ！」と直輝が猛スピードで駆けていく。

「走るな」

「ヒデさんってここの大家なんすか？」

スライディングで戻ってきた直輝が尋ねた。

「ヒデさん？」

私が訊き返すと、飯間さんが「僕の名前。飯間英博」と補足してくれる。

「ここは元々僕の叔父の所有物で、しばらく一緒に暮らしてたけど、３カ月前に本人の海外転勤が決まったから、戻ってくるまで僕が自由に管理できることになった。それだけ」

「ヒデさんは何してる人なんすか？」

「僕はアニメイトの店員」

「まじすか！　すごいなあ」直輝は目を輝かせた。

「俺、あそこに住むのが夢なんすよ。朝はイベントホールでラジオ体操して、夜はシアタールームで寝るんです」

ちょっとわかる、と私はつい笑ってしまう。寝る場所まで考えたことはないけれど、住みたいと思ったことがあるのは同じだ。

飯間さんは薄く笑い、直輝を見下ろして言った。

「客と店員以外であそこに存在しても許されるのは、価値のあるものだけだよ」

「ヒッ」

辛辣な口調に私は慄く。しかし言われた本人は「確かに。じゃ、価値ある人間にならな
いと」と鷹揚に頷いただけだった。
　直輝が来たことによって、飯間さんと2人だった時よりも格段に気まずさがなくなった。
単純に人数が増えたからというのもあるが、気になったことをすぐに訊く彼の性格の要素
も大きい気がする。警戒心がなくなったわけではなかったが、少なくとも今はその存在が
有り難かった。
　2階には6畳間が3つあり、そのうちの1部屋にはベランダがついていた。ちょろちょ
ろとあちこちを見て回る直輝に、「押し入れに上るな」と飯間さんが注意している。
「俺、決めた。実家出る許可はもう家族にもらったたし。ここのが大学に近いしな」
　ベランダに出て周囲を見回した後、直輝はペカっとした笑顔でそう言った。
「わかった」飯間さんは抑揚がない声で応じる。
「書類上の手続きが済んだら、いつ越してきても構わないから。壁を傷つけないよう家具
の角に梱包材を巻いてくることだけ注意して」
「了解っす。ウオオオオ、やったぜ」
　直輝はガニ股になってジャンプする。その姿に一瞬、ちょテニの燃の姿が重なった。そ
うか。あまりに自分とタイプが違うせいですっかり忘れていたけれど、ここにいるという
ことは、彼もちょテニが好きなのだ。

それにしてもこんな雰囲気の人が、アニメイト8階のあの閉鎖的な展示スペースの、読者のクソデカ感情の標的になった等身大パネルから1枚の付箋を見つけ出してここまでやってきたことが信じられない。こういうタイプの人って、この時期は海開きと同時に彼女と湘南のビーチに繰り出して、パラソルの下で周囲の視線を集めてるもんじゃないの？　朝帰りして昼夜逆転して、起き抜けに偶然やってたアニメを1話だけ見て、私みたいな奴のリュックに付いてる映のマスコットを「あーなんか、あのキザな感じの敵キャラ笑」って冷めた目で見てるもんじゃないの？　ああ、自分で言ってて腹立ってきた。そもそも映は単なる敵キャラじゃないから。弟の燃にはあって自分にはない直感を努力でカバーして、だけどその泥臭い姿は誰にも見せない完璧主義の持ち主だから。好物はいちごのタルトで、虫が苦手でビビりだけど、父親の期待に応えようとしてる作中トップクラスの頑張り屋だから。

「美影は？　ここに住む？」

だけど直輝に尋ねられた瞬間、それまで考えていたことはすべて頭から吹き飛んでしまった。陽の人が持っている、眩しい威圧感でガッとねじ伏せられてしまう感じ。答えに詰まって、口をぱくぱくさせることしかできなかった。自分の目が泳ぎまくっているのがわかった。

幽霊より人の方がマシだと勇み足でここまで来たはいいものの、それでもやっぱり、私は知らない人たちと上手く暮らしていける自信がなかった。それに男の人が2人と女が1人なら、何かと気を遣ったり遣われたりすることも多いだろう。引き返すなら早い方が良いんじゃないだろうか？

　その時、飯間さんのスマホが鳴った。ちょテニのアニメのオープニング曲だった。

「さあ決めろ！　気合い入れたスマッシュ♪　Ｋｅｅｐ　Ｙｏｕｒ　Ｅｙｅｓ　見逃すなよ絶対♪　膨らむ夢を乗せ……」

「うるさい」

　ノリノリで歌い出した直輝に飯間さんが釘を刺す。やっぱりこの人たち、本当にちょテニが好きなんだ。そう思って、直輝に対する湘南ビーチの印象が若干覆された。

「入居が決まってる僕の知り合いだけど、今からこっちに来るって。同居人候補に挨拶したいらしい」

　電話を終えた飯間さんが言った。

「急っすね！　男の人？　女の人っすか？」

「女性。もともと僕の相互で交流もあったから、その人は原画展経由じゃないんだけど」

「おお！　ちょうどいいじゃん」

　直輝が私に笑いかけてくる。そのニュアンスは（本人にそんなつもりはないのだろうが）そこはかとない合コン感に満ちていて、やっぱり仲良くするにはタイプが違いすぎるかもしれない、と思う。

3人目の住人候補が到着したのは、それからわずか5分後だった。直輝の時とは違って、今度はドアが開いた瞬間に圧倒された。

入ってきたのは、175センチはあろうかという長身のとんでもない美女だった。淡い色のカーリーヘアを背中に流し、ウエストが恵方巻くらいしかないワンピースを完璧に着こなして、ブランド物のバッグを提げている。

「初めまして！　突然お邪魔しちゃってすみません。野々原舞といいます」

「ちゃす！　伴直輝っす」

がっちり握手を交わした後、直輝は舞さんとニコニコしながら目を合わせ、私の時と同じようにアッと息を呑んだ。

「すみません、1個訊いてもいいですか？　答えたくなかったら、無視してもらって全然いいんすけど」

「何？」

「目が緑っぽく見えるのって、どこのカラコンですか？」

「ああこれね、生まれつきなの」舞さんは微笑して言った。

「祖母がイギリスの人なの。私は日本生まれ日本育ちだけど」

「へー！　あれっすね、映の逆パタぽいっすね」

「うん、そう……え？　ちょっと違うんじゃない？」

楽しげに話す2人の後ろで、私は飯間さんと顔を見合わせた。なんだか、今日の中で最も心が通い合っている気がした。

性別や社会的な立場以外で私たち4人を分けるなら、直輝は（おそらく舞さんも）「動」で、私と飯間さんが「静」だ。たいして会話をしていなくても、雰囲気や仕草から伝わってくる、その人の性質というものがある。仮病で学校を休んだ日に食べたスーパーのお寿司や、誘われていない同窓会の写真、そういう明るい場所から置き去りにされた静けさみたいなものを、この人は確かに知っている気がした。相手にとっての私の印象も同じなんだろうという推測が、少しだけ自分のことを情けなく感じさせた。

一通りシェアハウスの中を見て回った後、リビングのテーブルを囲んで座り、互いに自己紹介をした。

「年齢と職業、あとどういう同人活動をしているのかは必須」

飯間さんがそう言った瞬間、探り合うようなピリッとした緊張感が生まれた。

「では僕から。名前は飯間英博。26歳。アニメイト池袋の店員をしています。ちょテニを読み始めたのは連載開始からで、二次では主に漫画を描いてる」

舞さんが「わー」と言いながら小さく拍手したので、直輝と私もそれに倣（なら）った。

「伴直輝っす。西口の方にある大学の経済学部2年。浪人したんで21です。初心者だけどコスプレしたいと思ってます。ちょテニは、えー、小5の時から好きです。本誌の共同購入してくれる人募集します！　よろしく」

「野々原舞でーす。今年で30歳。外資系ホテルの営業やってます。漫画はあんまり描いたことなくて、でもシチュ絵は得意です。よろしくね」

3人の目が私に向けられる。小中高の始業式を思い出して、心臓が激しく脈打った。早口になってしまわないよう、ゆっくり、と心の中で唱えてから口を開く。

「く、倉澤美影です。大学生で、文学部の2年です。この前20歳になりました。ちょテニは単行本派で、たまに小説を書きます……」

舞さんがまた「わー」と拍手してくれる。それでいくらか楽になって、私は肩の力を抜いた。

「ということは、もしこの4人で暮らすなら、3人で合同誌を作って、直輝が当日売り子同伴することになる」

飯間さんが総括するように言った。

「了解っす。だけど俺、コミケ行ったことないんだよね。だからどんな感じかよくわかってなくて」

直輝が言うと、舞さんが目を丸くした。

「そうなんだ。私も一般参加しかしたことないけど……。もうね、熱量の塊って感じ。

人が多すぎるし本も多すぎる。夏は臭(にお)いがきつかったりするブースもあるから、目指すのが冬コミで正直助かったかな」

「あれはイベントというより戦(いくさ)と呼ぶにふさわしい。サークルごとのポスターが戦国武将ののぼり旗みたいで」飯間さんが眼鏡(めがね)を押し上げる。

「ただ、きちんと計画を立てれば心配する必要はない。今から準備すれば余裕で間に合うし、クオリティの高いものを作れると思う。目標は１０００部完売だ」

「１０００部!?」私は思わず叫んでしまった。

「壁サーの部数じゃないですか。私、友達の手伝いで売り子したことありますけど、売れたの10部以下でしたよ」

「ジャンルは？」飯間さんに訊かれる。

「ゲームです。その年に発売されたばっかのやつで、相当人気もあったんですけど」

「……友達の宣伝不足なのでは？」

舞さんがｏｈ……という表情をした。

「いや、宣伝すればいいってもんじゃないんですって！」

素人(しろうと)が本を売ることの難しさをナメちゃいけない。だって買う側の立場で考えてみれば、1冊５００円だったらその時点で既にプロの単行本と同じ値段だ。加えてコミケの同人誌には、会場までの交通費と参加費と、遠方から参加する場合なら宿泊費も加算される。そこまでして手に入れたいと思わせる同人誌を作るのが、いったいどれだけ大変なことか。作ったことがない私に言えたことじゃないけれど、想像することくらいはできる。

「うんうん、頭の中で色々考えてるのは伝わってくるよ」

　顔を上げると、舞さんがにっこり笑って私に言った。

「だけどね、私はお金を稼（かせ）ぎたくてサークル参加しようと思ったわけじゃないから、大赤字にならなければ気持ちとしては大儲（おおもう）けって感じかな。ここで美影ちゃんに会えたのも何かの縁だし、一緒にやってみようよ。目標は高ければ高いほど乗り越えがいがあるって、映くんも55話で言ってるし」

　中世の絵画みたいな美しい顔でそう囁（ささや）かれたら、何を言われても頷（うなず）いてしまいそうだった。首が動く直前に我に返って「え、じゃあ」と尋ねる。

「舞さんは、もうここに住むの決定ってことですか」

「うん、そうだね。決定」

　一点の曇りもない目で言われたから「そうなんですか」と納得しかけてしまった。だけどやっぱり、いくらなんでも不用心すぎる気がする。私たち4人は今日初めて会ったのだ。舞さんは飯間さんと面識があったというが、それにしても思い切りが良すぎる。重大な決断をこんなにもサクッと下してしまう思い切りの良さに、感心を通り越してうっすらとした恐怖を覚えた。

「確かに急すぎるかもしれないけど、こういうのって勢いが大事だし。1つの作品に夢中になれるのって、人生にそう何回もないと思うの。だからそのうちの1回を、誰かと一緒に楽しめたら幸せかなって。『好きなこと(テニス)は人を繋(つな)ぐ』って言うしね」

椅子(いす)から立ちあがり、テーブルを回り込んできて舞さんは私の手を取った。白いブロンズの彫刻みたいにきめ細やかで、かつ滑らかで冷たい手だった。直輝と飯間さんも両脇からじりじりと近づいてきて、片方はニマニマ、もう片方はじいっと圧をかけてくる。

「ね、いいでしょ？　私たちと一緒に同人活動しよう！」

舞さんのその一言に押し切られた。あかちゃんの「美影は押しに弱いから」という言葉が脳裏(のうり)に蘇(よみがえ)る。生まれた時から互いを知っている幼馴染(おさななじみ)の分析は、さすがに間違いないみたいだった。

「わかりました」

「やったぜ！」

私が頷くのと、直輝が再びジャンプするのが同時だった。

それから3人の引っ越しが完了するまで、約1ヶ月の期間を要した。手続きや荷運びの時にちょくちょく顔を合わせてはいたものの、改めて4人が揃うのは今夜が内見の日以来になる。

５限の後にキャンパスを出て駅の階段を下りると、既にスーパーの前にいた直輝が「お疲れさぁん」と手を振った。

「なんの授業だったの？」

「文学講義。直輝は？」

「経済学。普通に面白い」

言いながら、彼はひょいとカゴを手に取った。

舞さんに頼まれていたチーズとサングリアだけ買って、残りは規模が大きい別の店舗で揃えることにした。駅を出て少し歩いて店内に入り、今度は重たくなりそうだからカートを使う。缶のお酒とおつまみとお菓子とアイスを選んで、ここまではあかちゃんの家に泊まりに行く時と同じなのだけれど、明日の朝ごはんを買おうとパンコーナーに入った時、隣に直輝がいることがすごく不思議な感じがした。視線に気づくと直輝は５歳児みたいにニッと笑って、戦隊ヒーローのシールが入った菓子パンを４つカゴに追加した。

「好きなの？」

「いや？　詳しくないし食べたこともない。だけどちっちゃい頃に憧れてたから、今なら買えるなと思って。駄目かな？」

「ううん、買おう買おう」

「サンキュー」

大学の外だと、緊張せずに喋れるから不思議だ。あの広い教室では近づけもしなかった威圧的な集団の中の一人が、今はこんなにも近い。現在の私たちが話しているというより、同じ時期にランドセルを背負っていた子供同士として話しているかのような、垣根がなくなった感覚だった。

「材料はもうヒデさんが買ってあるんだっけか」

「そう。私たちは賑やかし要員だけ買えばいいって」

「じゃ、パパっとレジ行こうぜ」

会計を終えてスーパーを出る時、「缶落として凹んだら悲しいからさ。こっちにしな」と言って直輝は袋をトレードしてきた。

「なんで私が落とすと思うの？」

「え。前に1回、授業の後に焦って出ていこうとしてコケて手に持った荷物ぶちまけてたじゃん。だから俺、内見の時に見たことある人だってわかったんだからな」

「ああ……」

それにしても、初対面で「俺のことわかる？」はないだろう。やっぱり、自分とタイプが違う人のことはよくわからない。

シェアハウスに戻る頃には、午後7時半を過ぎていた。今日は私も直輝も飯間さんもバイトはないし、休日出勤の舞さんも早めに切り上げると言っていた。玄関の電気が付いている。インターホンを押すと、小走りに近づいてくる足音がした。

「おかえりー」

すっぴんで前髪をピンで留めた舞さんが、ワインの入ったグラスを片手に笑いながらドアを開けた。

「君たち、先に手洗って着替えちゃいな」

言いながら、買い物袋をひとつ受け取ってくれる。

「なあ……あれ」

舞さんがリビングに姿を消した後、直輝がひそひそ耳打ちしてきた。

「〝おうちでリラックス〟シリーズのやつだよな？」

「そうだと思う」

出迎えてくれた舞さんが着ていたのは、この春に限定販売されたちょテニのルームウェアだった。半袖(はんそで)のTシャツとハーフパンツのセットで、燃が所属している爆裂学園テニス部のユニフォーム風のデザインになっている。上下とも真っ赤で、Tシャツの胸元とハーフパンツの裾(すそ)に、それぞれCHOZのロゴマークのワンポイントが付いているのが特徴だった。店頭在庫は発売当日に完売したので、後日オンラインストアで受注販売が行われていたのを覚えている。

洗面所で手を洗って個人の部屋に戻った私は、クローゼットの引き出しを開けてまったく同じルームウェアを取り出した。前のアパートにいた時に買って、夏になったら着ようとしまい込んでいたものだ。

これを着て一階に下りたら引かれるだろうか。いや、同人活動を生活の中心に据える人たちに限ってそんなことはないだろう。ハサミでタグを切り、大学用のブラウスとスカートを脱いで袖を通した。ポリエステル百パーセントの生地が肌に冷たかった。

部屋のドアを開けた私は、向かい側から同時に出てきた直輝と鉢合わせして立ち尽くした。

直輝も、爆裂学園の真っ赤なユニフォームを着ていた。目を丸くして絶句した後、ンヘヘェ、と奇妙な声で笑い出す。

「まじか。何も言わずにリビング行ったら面白いと思ったのに」

「じゃ一緒に行こうよ」

互いに頷き合い、そろそろと一段ずつ階段を下りる。一階からは香ばしい匂いが漂ってきていた。

「何笑ってたのぉ」

リビングに辿り着く直前、舞さんが目の前に飛び出してきた。彼女は勢い余って直輝にワインを浴びせそうになった後、私たちの格好を見て「マ」と膝から崩れ落ちた。そのまま、激しく咳き込み始める。

「舞さんが死ぬ！」

「え！　み、水取ってこないと……」

その時、キッチンから声がして、４人目の同居人が現れた。

「うるさい。早くこっち来て手伝って」

そう言って眉をひそめた飯間さんを、私たちは床に座り込んだまま見上げた。赤いＴシャツの胸元で、白いワンポイントが誇らしげに輝いている。おそろいの格好に気づいた瞬間、彼はムッとした表情のまま真っ赤になってキッチンへ引き返そうとした。「待て待て待て」直輝が素早くその裾を摑まえる。

「このまま大会出られるじゃん」

「全員たまたま持ってたってことですか？」

笑いを堪えながら尋ねると、「私とヒデはそう」と舞さんが息も絶え絶えに教えてくれる。

「というか、あんたは映推しだろ。どうしてイーサンカレッジ・テニスクラブの方を買わなかったんだ」

飯間さんがしかめっ面で訊いた。

「買ったってば。あっちは観賞用なんですー」

言いながら舞さんは立ちあがり、「あーよかった、無事」と奇跡的にこぼさずに済んだワインを一口飲んだ。

「あれ、なんか変な臭いしてないっすか？」

直輝が鼻をひくつかせる。「くそ、しまった」飯間さんが呟いてキッチンに引き返した。私たち3人も選手入場みたいに後に続く。

リビングのテーブルの上には、飯間さんの叔父さんが置いていったというホットプレートがセッティングされていた。鉄板の上で、豚バラ肉とシーフードミックスが焦げている。

「……まあ、許容範囲内でしょう」

飯間さんは眼鏡を押し上げ、フライ返しでそれらを別皿に移した。

とろっとしたクリーム色の生地をおたまで掬い、円形になるよう鉄板の上に垂らす。千切りにしたキャベツと、先ほど焼いた具材を載せて、また生地をかけて蓋をする。

「あんたも手伝え」

嚙みついた飯間さんに「えー、手伝ってるってば。ビールでいい？　大学生ズはレモンサワー？」と舞さんが缶を手渡していく。

「元気担当が音頭取ってよ」

「俺？」

プルタブを引きながら直輝は照れ笑いをした。

「そんじゃ、シェアハウス初日を祝して。かんぱーい！」

「「「かんぱーい」」」

３つの缶と１つのグラスが合わせられる。飲めるようになってまだ日が浅いお酒は、消毒液の味がするジュースみたいだけど今日はなんだか美味しく感じた。

「はい。これ持ってて」

向かい側に座った飯間さんが、ホットプレートの蓋を取って渡してくる。彼はフライ返しを両手に１つずつ持ち、片面が焼き上がったお好み焼きを綺麗にひっくり返した。

「すごい！」

「……何年か前までバイトしてたから。これくらい普通」

小声で言いながらも手を止めず、今度は小鉢にからしマヨを作り始める。

「ねえ。美影ちゃんはさ、いつから二次創作してるの？」

右側に座る舞さんに尋ねられた。

「中２くらいからです。この前話したコミケの友達が昔から漫画好きで、ちょテニも創作も彼女に勧められました」

とはいえ、１番好きな作品や癖に刺さる方向性は違うので、互いに作品を見せ合うことはほとんどない。

表現方法に小説を選んだのは、単にそれしか選べなかったからという理由に尽きる。私はあかちゃんみたいに高い画力を手に入れるまで努力できなかったし、自分の姿をキャラクターに近づけることにも興味を持てなかった。ただ、そうやって消去法で選んだものが、少しずつ手に馴染んでいく過程は楽しかった。投稿した作品のブクマ数が最高で5だろうが別に構わなかった。

小説は、時間の流れを思うままに決められるから好きだ。原作という大きな波の、切り取ってもっとよく見たい部分を、自由に考えて拡大できるところが好きだ。いや、もちろん神がかったキャラクター同士がいちゃついてるところを見られたら嬉しいから書いてるのが前提だけど、それは別として、愛おしさを表現する方法を与えてくれた小説のことを、大事にしていきたいと私は思う。

「あとさ……すごく訊きづらいこと、訊いてもいい？」

舞さんに尋ねられて「はい、なんですか？」と訊き返した。彼女は飯間さんと直輝にちらっと目を向け、それから私だけに聞こえるように、耳元に口を寄せて囁いた。

「美影ちゃんってさ、夢とか腐とか、そういう属性ある？　こういうのってあらかじめ確認しておかないと後で乱闘になるから、早いとこ把握しておきたいと思って」

「わ」

あまりにも実生活でされたことがない質問だったので、つい大声が出てしまった。お好み焼きにソースを回しかけていた直輝が、驚いたようにこちらを見る。

「私は、二次創作はあくまで作品の延長線上にこちらが勝手に作り出している幻覚であり自分の解釈と食い違ったからといって公式や作者を批判することは未来永劫しませんが、既出の情報と己の想像に矛盾がない限り純然たるもゆはゆ左右固定厨です」

「うわ、急にすごい喋る」

飯間さんがドン引きした顔で呟いた。

訊いてきた本人を見てみれば、飲みかけのサングリアの缶を片手で握り潰していた。

「舞さん？」

怪訝に思って顔を覗き込むと、「待って。タンマ」と小学生みたいなことを言う。

「ちょっとね、争いはしたくないから刺されるなら先に刺されようと思って身構えてたけど、思った以上のダメージだ、これは。待ってね。今、抗体を作ってるから」

「抗体って。生物の授業でしか聞いたことない」

直輝が横から茶々を入れた。

「……乱闘したくないよぉ～～～～～～～～～～」

舞さんは椅子から転がり落ちたと思うと、丸まって電源が切れたように静かになった。

「え、じゃあ、舞さん夢女子ってことですか!?」

床に向かって尋ねると「大声で言わないで！」と起き上がって睨まれる。

心臓に鎖が巻き付けられたみたいに、ズンと鼓動が重くなるのを感じた。夢は正直言ってかなり苦手だった。だって自分の欲求を満たしたいがために都合のいいモブを捏造して、好きなキャラクターと疑似恋愛しようとするなんてマジありえない。そんなことを言ったら腐だって大概だと思うけど、少なくとも作中の関係性を踏襲しているだけマシ……いや、目くそ鼻くそである……やっぱりこればかりは、嗜好性の違いと言うしかない。

「さっきからなんの話してんの？　俺、よくわかってないんだけど」

　直輝がお好み焼きを十字に切りながら訊いた。

「めんどくさいオタク同士のめんどくさい話……」

　飯間さんが溜め息をつきながら答える。

「どうせ片方が腐女子で片方が夢女子で、2人は互いが受け付けないってとこだろ」

「だから、そのフとかユメってどういう意味なんすか？」

　今度は私たち3人が、びっくりして直輝のことを見つめる番だった。

「嘘でしょ？　こんな化け物小屋の一角を担っておいて、その知識がないことってある？」

「落ち着け。自分の知っていることが一般常識だと思い込むのは世間ズレの始まりだぞ」

　強張った顔で言い交わす飯間さんと舞さんの横で、直輝はお好み焼きをそれぞれの皿に載せていく。

「手伝う」

私ももう一個のフライ返しを手に取った。

「……俺、まずったかな。訊いちゃ駄目なやつだった？」

生地からはみ出してしまったエビを救出しながら彼は言う。その瞬間、私はなぜだか変な勘が働いて、この人は小学生の頃、DSを持っていなかったんだろうなとぼんやり思った。直輝の少し寂しげな顔が、放課後の公園で1人、みんなの輪から外れた場所で、ボールをついて遊んでいたクラスメイトの様子を思い出させたから。あの時、私は目の前のクエストをクリアすることに夢中で、卒業までついぞその子に声をかけることはできなかった。あの時の埋め合わせというわけではないけれど、似たような場面に直面した今、違う行動をとることはできる気がした。

「……私が説明するから。1回で理解してよ」

「わかった」直輝は目を輝かせて頷いた。

「腐女子っていうのは、ボーイズラブが好きな女の人のこと。夢女子っていうのは、好きなキャラクターと自分の恋愛を想像するのが好きな女の人のこと。わかった？」

「は」直輝は硬直した。「おお……うん……」直後の返事は要領を得ない。

「……ってことは、それに当てはまる男は腐男子とか夢男子って呼ばれんの？　俺も？」

「そうだけど……直輝がどうかは知らないよ。自分の心に訊いてみたら」

直輝は胸に手を当て、目を閉じて10秒ほど熟考したのち「俺は燃が好きだけど、燃の恋愛にはあんまり興味ないと思う」と自信なさげに言った。

「ってか、美影と舞さんは、五色先生の意図しないところに恋愛要素を見出して争おうとしてるわけ？　それはバチボコに不毛では？」

「「不毛なのはわかってんの！」」

私と舞さんの声が揃った。

「意味のあるなしはどうでもいいが。少なくとも、人に作らせたメシが冷めゆく傍らですべき争いではないだろ」

飯間さんが冷ややかに言う。私と舞さんは凍り付いて「すみません、いただきます」と慌てて箸を手に取った。

すりおろした山芋が入っているという生地は柔らかく、大きく切り取って頰張ると口いっぱいソースの甘みが広がった。シャキシャキしたキャベツの食感を楽しんでいる間に青のりの香りが鼻に抜け、からしマヨの刺激が後からツンと来る。シーフードと豚肉も喧嘩せず、長すぎたかと思われた焼き時間によって、むしろ相性が良くなっていた。

「天才」

「天才っす」

「天才です」

「そうか。じゃあ天才から一言」飯間さんはにこりともせずに前置きした。

「コミケで売るアンソロジー用のネタは、買う人のためにも、内輪揉めを避けるためにも必ずカプ要素なしのオールキャラ健全系にすること。またこの先、ちょテニについて語る中で解釈の食い違いが起きても、絶対に喧嘩しないこと。同じ作品が好きというだけで、人間性まで合うと勘違いしてはいけない」

もっともだと思った。作品の受け取り方は１００人いれば１００通りあって、そのどれもが正しいし、優劣なんて存在しない。私たちは同じ作品が好きだからこそ、わかり合える部分が多くて、反対にわかり合えない部分も多いはずだった。

属性とか推しカプ以前に、私が『超絶テニス燃くん』を愛しているのは、「好きなことは人を繋ぐ」というメッセージに感動したからだ。小学生の時、ゲームが好きだったから友達ができた。漫画を読み始めたから、あかちゃんと同じ世界を知れた。そういう過去の経験が、ページをめくるごとに絆を深めていく燃や映と同じだと思えた。私のちょテニへの想いは誰にも侵せない絶対領域で、かつ私だけが座れる静かな椅子のようなものだった。きっと、ここにいる４人のうち全員に、心の中の椅子がある。それを傷つけ合うことだけはしたくなかった。

「……ちなみに、僕は箱推し。属性は特になし」

なんだかしんとしてしまった食卓で、飯間さんが小さく挙手をして言った。

「よし！」舞さんが勢いよく立ちあがる。

「そうと決まったらアレ開けよう。ウエハース」

空(から)になった缶を捨てるついでに階段を上がり、部屋から何かを取って戻ってきた。

「じゃーん。ちょテニウエハース」

「箱買い!?　さすが社会人……」

「たった4500円よ。美影ちゃんだって大学生ならサークルのご飯会とかでそれくらい払うでしょ」

言いながら舞さんはバリバリと箱を開け、「ハサミで切ってね」と5袋くらい一気に手渡してきた。

それから4人でお好み焼きを作っては食べ、ウエハースを開けて（直輝はウエハースも焼いていた）、気づけば夜の10時を回っていた。舞さんはシールを取り出すたびにミュージカル『超絶テニス燃くん』（通称ちょテミュ）でのそのキャラクターの持ち歌を熱唱したので、近所迷惑にならないようボリュームダウンさせるのが大変だった。

「エゴジ！　映フェニックス出ない！」

30個入りの箱の最後の袋を開けた瞬間、舞さんは唸(うな)り声を開けてテーブルに突っ伏した。全24種のうち、23種までは揃ったのに、1番欲しかったものだけ出なかったらしい。その向かい側では、2枚以上被(かぶ)ったシールをもらった直輝が嬉しそうにニコニコしていた。

「そうだ」

私は使い終わった皿を流し台に運びながら言った。

「お互いのツイッターアカウントだけ把握しておきませんか？　同じ家にいるのに交換とか申し込んじゃったら気まずいんで」

「賛成」

舞さんが一瞬起き上がってチーズをつまみ、大きく挙手をしてまた突っ伏す。

「あー俺、ツイッターやってないんだよね。ってか、ちょっと前に名前変わってなかった？　今はなんだっけ、X？」

直輝が透明なスマホケースに燃のシールを挟みながら言った。

「そう簡単に新しい名前に馴染めないわけ。青い鳥と何年一緒にいたと思ってるの……」

舞さんがテーブルに反響した声で叫ぶ。「あんたうるさいよ」飯間さんが眉をひそめて言った。

「私の先に教えちゃいますね」

アプリを起動して、私は3年くらい前から使っているアカウントのプロフィールを開く。テンションがおかしいツイートが大部分を占めているけれど、後から見つかった場合のことを考えると、早めに開示しておいた方が傷が浅いはずだと思った。

「本名じゃないんだ？」

横から覗き込んできた直輝がアカウント名を見て言う。「当たり前でしょ」私はおでこに貼り付けられそうになった望月先輩のシールから首を引っ込めて逃げた。

「このツイッターってさ、アカウント作ってなくてもネットで調べたら見られる？」

「私のツイートをってこと？　見られるけど、あんまり遡って読まないでよ」

「大丈夫、薄目すっから」

直輝は自分の席に戻り、スマホをいじり始めて大人しくなる。

続いて見せてもらった舞さんのアカウントは、転生して間もないからかフォロワーは103人とそれほど多くなかったものの、投稿している絵には1000件近くのいいねが付いていた。ただ、がっつり顔まで描き込まれている夢主が映とメリーゴーランドに乗っているのが一目でわかったので、直輝みたいに薄目でスクロールするだけにした。

「飯間さんはツイッターやってますか？」

私が尋ねると、彼はテーブルについたソースをティッシュで拭ってから「やってる」と小声で答えた。

「あ、嫌だったら教えてもらわなくて大丈夫です。ちょっと気になっただけなので」

「別に嫌じゃないけど。この人とは相互だし」

飯間さんは舞さんを示してから、脇に置いていたスマホを手に取った。素早く操作して
「これ」と画面を見せてくる。

「……え？」

「これ。僕のアカウント」

「いや、メシウマ太郎さんのですけど」

「ん？　だから、僕がメシウマ太郎」

理解するまで10秒かかった。

「……飯間さんって、メシウマ太郎だったんですか……？」

「だから今そう言ったでしょ」

彼は呆れ顔で溜め息をついた。

「有名な人？」

直輝がスマホから顔を上げずに尋ねる。

「フォロワー60000人越えの神絵師」

舞さんが横から答えた。

「……ちょっと待って。タンマ」

私はどうにか自分の席まで戻り、椅子に沈み込む。

メシウマ太郎の存在は、ちょテニを読み始めた当初から知っていた。3日に1度の鬼ペースで4ページの読み切り漫画を投稿し、ピクシブでは「#ちょテニ10000users入り」の常連。通称「野生の公式」である。コミケに参戦するたびに新刊は一瞬で完売し（私も買えなかった）、通販を求めるマシュマロは無数にあれど「予定はございません」の一点張り。オタク界の幻の存在だった。そのメシウマ太郎が、今、目の前にいる。小鉢に入ったからしマヨを「微妙に残ったけどどうしよう」みたいな目で見ている。

「美影ちゃん？　大丈夫？」

思わず呻いて顔を覆うと、右側から舞さんの声が聞こえた。「大丈夫です」自分の息で手のひらがかすかに湿るのを感じた。

猛烈に恥ずかしかった。たった一度売り子として同伴しただけで、4人の中で私が一番コミケのことをわかっていると思い込んでいたことが。目標1000部発言に信じられないって反応をして、自分がしっかりしなきゃと密かに考えていたことが。私は変なところで先走りすぎる。

顔は爆発しそうなくらい熱いのに、足の先がひどく冷たい。さっきまで楽しくて仕方なかったのに、風船に針を差し込まれたみたいに、気分がしぼんでいくのがわかった。

顔を上げると、いつの間にかリビングは静まり返っていた。飯間さんは食器を片し、舞さんは居眠りをして、直輝はスマホをいじっている。

電源を切ったホットプレートの上で冷えたお好み焼きを見て、私は自分を含めた4人が、それぞれにうっすら疲れているのを感じていた。「動」のタイプであれ「静」のタイプであれ、人疲れをしない人というのは存在しないはずだし、知り合って間もない者同士の集まりならなおさらだ。シェアハウスをするかどうか悩んだ時、私は感動をわかち合う仲間を得られることに惹かれて入居を選んだが、同時に人付き合いの面倒臭さも一緒に背負い込んだのだった。

「……なー。3人とも上のところにリンク貼ってある支部って何？　描いたやつ載せるところみたいな？　ぷら……プライベッター？　とは何が違うの？」

沈黙がたっぷり5分ほど続いた頃、直輝が誰にともなく尋ねた。

「……なんでも人に訊かないで、まずは手に持ってるその板で調べてみれば」

飯間さんがぽつりと言う。

直輝は驚きの表情を浮かべた。それからスマホに視線を落とし「そっすね」と体を丸めた。

ああ、と思った。それまで大事に扱っていた何かに、もういいやと投げ出した途端にヒビが入ってしまったみたいな虚しさを感じた。「ちょっと言い方きついんじゃないですか」と笑い飛ばしたり、「知らない方が良いかもよ？」と茶化したりすれば、この場の空気を変えられるはずだった。舞さんが寝てしまった今、それができるのは私しかいなかった。

なのに、私はそうしなかった。さっきまでの自己嫌悪が、まだ心の中に居座っていた。この場の空気より、私になんか言われたらこの人たちが気を悪くするだろうと思ってしまった。立ち上がり、使い終わったソースのボトルや青のりのパックを冷蔵庫に戻す。

「……ピクシブは、漫画とイラストと小説を投稿して見たり見てもらったりできるサイトのこと。ツイッターに載せたものがある程度溜まったらログ……一つにまとめるために使う人が多いの」

箸(はし)を回収しながら説明すると、直輝は「へえ。なるほど」と頷(うなず)いた。

「じゃ、美影が投稿してる小説読んだろ」

「18禁マークが付いてるのはやめて！」

こればっかりは、空気感とかに構わず絶対阻止(そし)しときたい。直輝はびくっと身を縮めた後、ははは、と気が抜けたように笑った。

翌朝、段ボールだらけの自分の部屋で目が覚めて、一瞬ここがどこだかわからなかった。

ゆうべはあの後4人で片付けをして、それから寝る支度(したく)に入った。舞さんがバスタブに入れた入浴剤は、湯の中にピンクの薔薇(ばら)が咲いているみたいな、この世のものとは思えぬいい匂(にお)いがした。飯間さんの寝間着が5年前のガッツフェスの限定Tシャツだったことをひとしきり羨(うらや)ましがったり笑ったりして、個人の部屋に引っ込んだのは夜中の1時過ぎだった気がする。

枕元の時計を見ると、午前11時を過ぎたところだった。私以外に3人の人間が暮らしているにしては、2階も階下も奇妙なほど静まり返っている。立ち眩(くら)みをやり過ごしながら起き上がり、洗面所で顔を洗ってから階段を下りた。

「おはよう美影ちゃん！　この格好おかしくない？」

リビングには舞さんがいて、カップに口紅がつかないようストローを刺して水を飲んでいるところだった。私に気づくと彼女はくるりと回転し、足首まである白いチュールスカートをひらめかせた。

「おかしくないですよ」

「うーん、そう？」

「……可愛いですよ」

「なら、よかった」

舞さんは当然のように微笑むと、ソファに置いていたショルダーバッグを提げた。

「デートですか？」

なんとなくからかうつもりで訊いたら「そう！」と嬉しそうに言われて面食らった。夢女子とは言え、二次元と三次元は別物らしい。彼女は玄関で細いヒールの靴を履くと「ヒデと直輝はバイトだから」と言って上機嫌に出かけていった。

私はディナーの時間帯からバイトなので、時間にはまだ余裕があった。ソファに足を投げ出して座る。壁掛け時計の秒針が忙しく回り、長針が少しずつ動いていくのを、見るともなしに眺めた。

3人から、取り残されてしまった感じがした。舞さんは日曜のお昼におめかししてデートをする相手がいて、直輝は大学に気の合う友達がたくさんいて、飯間さんは作品を通して多くの人に支持されている。私だけが、昨夜みんなで騒いだこの部屋で1人、無気力な時間を過ごしている。寂しさと呼ぶにはあまりに情けない感情だった。

年に4、5回の単行本発売日のために頑張れたり、舞台のチケットが取れなかったら生きる気力を失くしたり、私の世界はもう何年も前からちょテニを中心に回っていた。それは生きていくために息を吸うくらい自然なことで、この先、何か思いもよらぬことが起きない限り、永遠に変わらないと思われた。

この家に住む他の3人は私と同じくちょテニが好きで、でも、彼らの世界の中心は、ちょテニではない他の何かかもしれなかった。その場合、彼らが別のステージへ移っていく際に取り残されるのは私で、そうなった時の自分の気持ちを考えると、私はシェアハウスを始めたことによって、とてつもなく恐ろしい場所に足を踏み入れてしまったような気がするのだった。

秒針の進む音に耐えられなくなって、私は自分の部屋に引き返した。けれどそこに1人でいることにも我慢ならなくなって、着替えて軽く化粧をし、早いけれど出かけることにした。

上京してきた時から、フードコートのピザ店でバイトしている。私を雇うずっと前から人手不足だったらしく、面接の日にエプロンとシェフシャツを渡された。

シフトの時間になるまで大学の期末レポートを書くことにして、従業員割でバニラシェイクとポテトを買い、空いている席に座る。集中してパソコンと向き合っていたら、思ったよりも早く時間が過ぎていった。

シフトは基本、社員が1人とバイトが1人の2人体制で回される。土日のランチとディナーの時間帯は、バイトがもう1人追加される。キッチンに入った途端「バナナパフェ2つとポテナゲ作って！」とレジから声が飛んできた。冷蔵庫を開けてアイスとポテナゲ（ポテト100グラムとナゲット5個のセット）を取り出してフライヤーのタイマーをセットする。棚からパフェグラスを2つ取り出して、スクープでアイスを掬う。

午後7時になったら、バイト1人が台車を押してゴミ出しに行く。ゆっくり歩けば休憩できるので、大体取り合いになる。今日はじゃんけんで勝ったからラッキーだった。

うどん店とトンカツ店の間、細い通路の突き当たりに従業員専用のドアがある。同じ階の飲食店はみんなここからゴミ出しに向かうため、入るとムッと生臭い。なるべく口で息をしながら、台車のタイヤが引っかからないよう後ろ向きに入った。

エレベーターが来るまでの間、エプロンのポケットからスマホを出してあかちゃんに電話をかけた。彼女は個別指導塾でバイトをしているけれど、この時間帯はシフトに入っていなかったはずだ。

『よっ。あなた、今バイトじゃなかった？　サボっていいわけ』

　声が聞こえた瞬間にほっとした。今までの私の情けないところもイタいところもサムいところも全部知っていて、それでもなお友達でいてくれている人の安心感といったらどうだろう。もちろんそれはお互いさまで、私も中学生の頃、あかちゃんが片目に赤いカラコンを付けて登校してきた日だって、英語の授業でペアを組んで会話の練習をしたけれど。

『で、どんな感じ？　シェアハウスは』

　その時、エレベーターがやって来たので、私は片手で台車を押して乗り込んだ。

「楽しいよ。楽しいけど……」

『けど？』

「ちょっと人疲れした。今日はそっちに泊まってもいいかなあ」

『もう!?　茜は人じゃないってことかよ〜〜〜〜』

　あかちゃんは呆れたように笑い『別にいいよ。一緒に住んでる人にはちゃんと連絡しなね』と言って許してくれた。

『その代わり、リッチなアイス買ってきてよ。いちご味ね』

「わかった、ありがとう。まかないピザいる？」

『いるー。カニじゃがとプロシュート半々』

「ＯＫ」

通話を終えるのとエレベーターのドアが開くのが同時だった。

台車に載せていた段ボールとゴミ袋を、それぞれ決まった位置に捨てて店まで引き返す。足元で車輪がゴロゴロと鳴り、振動が持ち手に伝わってくる。

シェアハウスから逃げ出すにしても早すぎる自覚はあった。けれどわざわざ居づらい思いをしてまで居なければならない場所ではないのだし、このままナーバスな気分で帰るよりは、ひと晩経って賑やかさが恋しくなってから帰った方が、私はあの人たちとこれから楽しくやっていける気がするのだった。

グループラインで今日は友達の家に泊まる旨を伝えると、３人はそれぞれ違ったちょテニのスタンプで〈了解だぜ！〉〈ＯＫさ〉〈（無言の頷き）〉の返信をしてきた。胸の内に沸き上がった小さい罪悪感に気づかないふりをしながら、私はスマホをエプロンのポケットにしまう。

バイト後、まかないのピザを持ち帰り用の箱に詰めてもらった。フードコート脇のトイレで着替え、ショッピングモールを出てあかちゃんのアパートへ向かう。

霧のような細かい雨が降っていて、歩を進めるにつれ頰がスプレーを吹き付けたみたいに濡れた。信号で停まった車のバックライトが水溜まりに映り、赤く滲んで揺れている。

アパートの手前でコンビニに寄って、約束のアイスを買うことにした。昔からあかちゃんはいちご味のアイスが好きだ。けれど生のいちごには厳しくて、ファミレスのパフェに載っているいちごが小さいと、口には出さないけれどすごく残念そうな顔をする。「東京最高。永遠に住みたい」と彼女は言うが20年後か30年後か、会社勤めをした後は実家に戻って農園を継ぐ気でいることを、私だけが知っている。

ポテチも買っていこうかとお菓子の棚を見た時、ゆうべ嫌というほど見たウエハースのパッケージがあることに気づいた。舞さんは映フェニックスのシールを手に入れるために、30個入りの箱を追加で買うのだろうか。気の持ちようは関係ないとわかっているけれど、こういうのは欲しい欲しいと思っているほど、出る確率が低くなってしまう気がする。

少し迷って、リッチなアイスとちょテニのウエハースを1個買ってコンビニを出た。片手に提げたピザの箱から発散される、溶けたチーズの匂いと熱が徐々に弱くなっていく。

「よっ。お疲れ」

インターホンを押すと、あかちゃんは電話とまったく同じ調子でドアを開けてくれた。

「急にごめんね。これ、ピザ」

「おう。あっためるわ」

彼女は意味ありげに笑う。引っ越す時、使っていた電子レンジを４０００円で買い取ってもらったのだった。それまではなんでも魚焼きグリルで温めていたので、あかちゃんの部屋で食べるものはいつもどこか焦げ臭(くさ)かった。

パジャマに下着に歯ブラシ、互いにしょっちゅう泊まりっこしていたので、必要なものした。

は一通り揃っている。着替えて手と顔を洗い、ピザを食べてからＳｗｉｔｃｈでマリカを
冷凍庫に入れていたアイスを手渡した時、シェアハウスを始めたことによって、私はあかちゃんが私の部屋でこういう風に過ごす権利を奪ってしてしまったのだとふと気づいた。うぬぼれていると言ってしまえばそれまでだが、私だって自分にとっての彼女のように、心の拠り所として機能している確信があった。私たちは友達がそう多くない。就職や転勤や結婚や、いつかそういうライフイベントで簡単に会えなくなった時、心にできる空洞はいかばかりか。そう考えると、一緒に過ごす時間を減らしてまでシェアハウスを選んだ自分の選択に、嫌でも疑問が湧いてくる。

「あ、ちょっと待って」

あかちゃんが電気を消そうとした時、私はあることを思い出した。リュックの前ポケットから、コンビニで買ったウエハースを取り出す。何のシールが入っているか、まだ確認していなかった。

「それ集めてたっけ？」

「ううん、私じゃなくて一緒に住んでる人」

ハサミを借りるのが億劫で、ギザギザの部分から適当に封を切った。「布団に粉、落とさないでよ」あかちゃんの言葉に頷きながら、ウエハースと台紙の下に入っているシール

を引き出す。

　端の部分が見えた瞬間、来た、と思って脳に小さな電流が走った。白い翼を生やし、緑の冠を被(かぶ)った映が現れた。

「お、映フェニックスだって。レアじゃない？」

「……うん」

「よかったねぇ」あかちゃんはあくび交じりに言った。じゃあおやすみ。私がウエハースをリュックに戻すのを見届けた後、そう呟(つぶや)いて彼女は電気を消した。暗闇の中で、ベッドに潜り込む音がする。

「明日は1回家に戻るの？」

「ううん。1限からだし、パソコン持ってるからそのまま大学行く」

「そっか」

　床に布団を敷いて寝転ぶ私には、あかちゃんの声が斜め上から滑り落ちてくるみたいに聞こえた。

「改まって言うことじゃないかもしれないけどさ。シェアハウスを始めるって聞いて、私、嬉しかったよ。募集方法が怪しすぎたから最初は心配だったけど、話を聞く限りいい人たちみたいだし。そりゃ2人でだらだらする機会が減るのは寂しいよ？　でも美影の交友関係が広がるのは、私も見ててワクワクするから好き」

それから彼女は少し沈黙し「なんていうかさ」と付け足した。

「好きなこと(テニス)は人を繋(つな)ぐって言ってる漫画が好きで集まった人たちなんだから、多少ごたごたしてもやっていけるもんなんじゃないの。しばらくトライしてみて駄目だったら、その時はまた、ここに逃げてくればいいよ」

考えていたことを見透かされたみたいだった。急に目頭(めがしら)が熱くなって、気づかれないよう布団の中で拭(ぬぐ)う。

「……ありがとう」

「ああでも、逃げてくる前に食われるかな。なんか蠱毒(こどく)みたいだもん」

「怖いこと言わないで」

「ごめんよ～」

ベッドの上で寝返りを打って、あかちゃんは寝入る態勢に入ったようだった。

彼女の寝息を聞きながら、私はさっき言われたことについてぼんやり考え続けていた。うまくやっていけるだろうか？　確かにあの家はスイートホームなんてものとは程遠く、（蠱毒は言い過ぎだが）オタクというはみ出し者たちの巣窟(そうくつ)と呼ぶにふさわしい。けれどそれが楽しくないはずがなく、実際に昨日の夜、４人でおそろいのユニフォームを着て笑っていた時、私は心の底から幸せだと思えたのだった。

手探りでリュックのポケットを開けると、映フェニックスのシールが指に触れた。角が皮膚に刺さってほんのわずかに痛い。絶対に出てほしいと思って買ったから、やっぱり気の持ちようは関係ないのだ。そう思いながら、静かに手を離して目を閉じた。

翌朝、8時過ぎにアパートを出て大学に向かった。乗り換えの高田馬場駅まで東西線で向かっている時、スマホが鳴った。直輝からの個別ラインだった。

〈今日何限？　俺3と4だけど昼飯5号館で食べる〉

なんの報告だと思いつつ〈1と2〉と返すと、〈席とっとく〉と送られてきた。それでようやく、一緒に食べるつもりなのかと気づいた。

後ろめたい理由があるわけでもないのに、顔を合わせるのを気まずく感じた。シールが入った菓子パンを食べたことがないと恥ずかしそうに言っていた顔を思い出しながら、イヤホンを耳に突っ込む。車両の揺れがうるさく響く。立ち並ぶビルが、窓の外を流れていく。

1限目の日本文学講読はせっかく早起きして来たのに、期末テストの範囲にほとんど触れずに終わって悔しかった。逆に2限目はこれまでの遅れを取り戻すようなスピードで進み、必死でメモを取っていたらあっという間にチャイムが鳴った。

5号館に着いた時には、食堂は人でごった返していた。食券を買う列が廊下にまで伸びている。人込みに行きたくないし、自分で作った方が安いので、私は入学以来ほとんど利用していなかった。慣れない場所に不安を覚えながら、とりあえず直輝と合流するためにテーブルの間から彼の姿を探す。

「美影！　こっち！」

斜め後ろから声がして、振り返ると直輝が大きく手を振っていた。今日はダークグレーのハーフパンツに、白いシャツとオーバーサイズのベストを合わせている。普通ならバランスがおかしくなりそうだけれど、上手く着こなしてとても様になっていた。やはり彼には、人の目を惹きつけるオーラがある。動いたり喋ったりしなければさほど目立たないが、一度認識したら目で追いかけたくなるような、不思議な引力が働いているのを感じた。

「俺、先に買ったし、荷物見てるから行ってこいよ」

私が歩み寄ると、直輝は空いた椅子と自分の温玉カレーを示す。

私が親子丼をトレイに載せて戻ってくるまで、彼はカレーに手を付けずに待ってくれていた。きっちり手を合わせ「いただきます」をしてから食べ始める。

「昨日、なんか用事あったの？」

スプーンの先を温泉卵の黄身に沈めながら訊かれた。ひと言ひと言がはっきりした直輝の声は、周囲にたくさん人がいても聞き取りやすい。

「ううん、バイトだけ」

私が答えると、彼は「そうかあ」と軽く肩を落とした。

「ごめんな」

「何が？」

「俺、ちょテニが好きなだけで同人活動のこと何も知らないからさ。色々訊いてイラつかせたかもって、割と反省したんだよね。腐女子と夢女子とか」

「ちょ、あんまデカい声で言わないでそういうの」

聞き取りやすさが秒で仇になった。私は親子丼に夢中になっているふりをして、隣のテーブルの人と目を合わせないよう努めた。

「別にイラついてないよ。昨日泊まりに行った子は幼馴染で、東京に来てから半分一緒に住んでるみたいな感じだったの。今日はもうシェアハウスに帰るよ」

「マジ？　ああ、よかった」

直輝はほっとした顔で笑い、拍子抜けしたように椅子の背に体を預けた。

「ほんと助かる。ヒデさんも舞さんもいい人だけど、3人だとやっぱり上手くいかなくてさ。一昨日だって、結局俺に色々教えてくれたのは美影だったし」

そう言われた瞬間、まるで浜辺で日の出を見ているみたいに、目の前が明るくなっていくのがわかった。

私があの家に帰ることを、この人は待ってくれている。あそこには、私の居場所がある。

そう思うと、これまで心の隅で膝を抱えていた情けなさが、砂のように柔らかく消えていくようだった。

「……うん。帰るよ」

私がもう一度言うと、直輝はきょとんとした後、また大きく頷いた。

「そうだ。これ見て」

私はリュックのポケットから、昨日引き当てた映フェニックスのシールを取り出した。

「うわ！　舞さん欲しがってたやつじゃんか」

直輝はテーブルに身を乗り出す。

「出たって連絡しておいた方がいいぜ。俺、あの人が昨日すごい顔して通販の商品ページ睨（にら）んでるの見たんだよ」

「えー、まだ買ってないといいな……」

横に伏せて置いていたスマホを手に取る。個別で連絡することもできたけれど、あえてグループに〈映出ましたよ！〉と送信した。直輝がすかさず〈キラキラでございい〉と写真を付け加える。一分も経たないうちに、〈ほんとに〉〈嘘〉〈神〉〈なんでも奢（おご）る〉と、通知の連続でスマホが雪崩（なだれ）のように震えだした。

〈うるさい。仕事しろ〉

「はは、ヒデさん辛辣（しんらつ）だな。あの人、今日は休みなのに。気にせず送ったれ美影」

この前とまったく同じ文面に、つい笑いがこみあげる。もう既読をつけるだけの空気みたいな私じゃない。ようやく今、本当の意味であの家の一員になれた気がして、燃が大口を開けて笑っているスタンプを返した。

二話　直輝
IKEYA
ep : 02
Title : Naoki

「直輝って、何気に4人の中で1番まともよねぇ」

　舞さんにそう言われたから、俺はタコライスのタコ（具の部分のこと）を崩して「どういう意味っすか」と尋ねた。美影とヒデさんはまだバイトから帰ってこず、2人で夕飯を食っている火曜の夜だった。

「オタクっぽくないって意味」

　舞さんはワインのグラスを揺らしながら答える。

「美影ちゃんは中学生の時から二次創作にどっぷりだって言ってたし、私も自分が健全な推し方をしてるとは思わない。ヒデだって、普通っぽいけどあんな方法でシェアハウスを始めた時点で正気じゃないでしょう。そう考えたら、直輝は普通の元気な大学生っていうか、どうしてこっち側にいるのかしらーって時々思う。もちろん、ものすごい熱心なファンじゃなきゃ駄目ってわけじゃないし、好きの大きさなんて比べるものじゃないけどね」

「……そっすか」

　相槌に困る話題だなと俺は笑って、レタスが落ちそうになっていたスプーンを口に運ぶ。タコライスは初めて作ったにしては上出来で、「シーズニングは偉大」とスーパーへ行くたびに3人が言っていた理由がわかった。

　風呂の後はアイスを食べながら、舞さんがハンドルみたいなものを握ってストレッチのゲームをするのを眺めた。この家に住む人たちは、俺以外みんなゲーム機を持っている。

前に1度、休みが被った日に4人で遊んだことがあるけれど、俺のルイージはいくらやっても上手に泳げず、デカいフグに衝突してすぐに死んでしまった。

「見せつけるみたいに食べんじゃないわよ」

スクワット中の舞さんが息を切らして睨みつけてきたから、俺は半分ほど残ったクッキー&クリームを「ひと口いります？」と差し出した。

「いらない。もう10時過ぎでしょうが」

「初日は1時までお好み焼き食べてたじゃないっすか」

「あれは特別だったの」

食に関することだけじゃなく、舞さんは全体的に美意識が高い。服はこまめにクリーニングに出すし、どんなに疲れて帰ってきても、必ずまず化粧を落とす。この前は、100均で妙な形のシャワーヘッドを買ってきたと思ったら、ネイルを傷つけずに米を研ぐための道具だった。

もうすぐ10時半になるという頃、美影とヒデさんが帰ってきた。道の途中で会ったらしく、2人はなぜか大量のバタークッキーの箱を抱えていた。

「どうしたんすかこれ」

「駅構内と演芸場前のコンビニで買った。本当は明日かららしいけど、念のために寄ったら、もう売ってたから」

ヒデさんが靴（くつ）を脱ぎながら言う。なんのことかわからずに俺がぽかんとしていると、舞さんが玄関にすっ飛んできた。

「嘘！　もうあった!?　私も今から行こうかな」

「そう言うと思って買ってきましたよ」

美影が後ろから顔を覗（のぞ）かせ、リュックから取り出した薄っぺらいものを舞さんに見せる。群青（ぐんじょう）の空をバックに、燃（もゆる）と映（はゆる）が背中合わせに座っているデザインのクリアファイルだった。

「うわー、ありがと。待ってね、今お財布取ってくるから」

舞さんが2階へ行った後、俺はリビングに引き返す。

「米まだ残ってる？」

ヒデさんに訊かれたから「タコライス1人分くらい」と頷（うなず）いた。美影は夜にバイトがある時、まかないでメシを済ませてくるので必要ない。

「直輝もいる？　クッキー2箱買うと1枚もらえるの」

美影がクリアファイルをババ抜きのトランプみたいに広げた。全部で6枚もあったので、「こんなにもらってどうするんだよ」と尋ねる。大学の友達や、この前言っていた幼馴染にでもあげるんだろうか？

「飯間（いいま）さんのが1枚、私と舞さんの使う用と保存用が1枚ずつで合わせて4枚、直輝のために買ってきたのが1枚。もしいらなかったら、飯間さんが保存用にもらうって言ってたけど」

「いや、欲しいです。買い取ります」

差し出されたクリアファイルを賞状みたいに受け取って、手元でじっくり眺めた。テニスラケットを肩に担いで、こっちを鋭く睨む燃。見ていると手首の内側がギュッと締まって、憧れの気持ちが痛いくらいに沸き上がった。

「クッキーも4箱もらっておいて。僕は甘いの苦手だから」

ヒデさんが器に米をよそいながら言う。

「いいんすか、あざっす」

テーブルの上の箱をまとめて手に取ると、パッケージの中でクッキーがかさかさと音を立てた。

この前のウエハースといい今回のこれといい、この家の人たちはちょテニが食べ物とコラボすると、大量に買い込んで延々と食べ続ける。今だって、冷蔵庫は卵形のチョコ（1個につきフィギュアが1体入っている）とプロテインバー（1本につきステッカーが1枚付いている）と魚肉ソーセージ（ひと箱につきカードが1枚付いている）でぎっしりだ。おそろいのルームウェアにも、このシェアハウス自体にも言えることだが、本来なら趣味のカテゴリに収まるはずのものが、衣食住のすべてを侵食している。俺だって普通の読者よりはずっと愛が深いつもりでいたが、正直言って3人とはレベルが違っていた。

「俺も財布、取ってくるわ」

時計を見上げ、少し迷ってからクッキーを1枚口に入れた美影に言って、俺はリビングを出た。

階段を上がる直前、玄関脇にかけられたホワイトボードに目が留まった。入居前は真っ白だったが、今は〈夕飯いる／いらない〉の意思表示に使われている。基本的に平日は各々で食事を用意するが、今日みたいに自炊する日は数人分まとめて作った方が安く済むし楽なので、その判断材料として便利なのだ。

横浜の実家にいた頃は、何もしなくても温かいメシが出てきたし、友達と徹夜で遊んだり遅刻しそうになったりして、食べるのをすっぽかすことも少なくなかった。今さら有り難みに気づいたと言ったら笑われるだろうか。いや、そこまでしないとわからないのかと呆れられるはずだ。俺は家族をがっかりさせることにかけては一流だから。

「直輝？　どうしたの。お化けでもいる？」

2階から下りてきた舞さんに訊かれた。俺がじっと玄関（正確にはホワイトボード）を見つめていたから、不気味に思ったらしかった。

「いやあ……気のせいだといいんですけど、一瞬ぼやっとした人影が見えて……」

「嘘、やめてよ」

た。

ああ、やっぱりこんなに楽しい場所で、憂鬱な気分になっているのはもったいない。頭の中を一瞬よぎった兄たちの顔には気づかないふりをして、わざと弾みをつけて階段を上った。


「冗談っす」

「馬鹿野郎」

すれ違う時に髪をグシャッと掻き回されて、自分の口から笑いが零れるのがわかった。


バイト先の古着屋は系列店も含めると下北沢に4店舗あって、俺は2号店にいることが多い。1940年代から90年代にかけての、アメカジ系アイテムの品揃えが豊富だ。焦げ茶のサスペンダーが似合う店長は、専属のバイヤーから仕入れる他にも、時々海外へ買い付けに行く。優しい人だが騙されやすく、明らかに怪しい誘いに乗って飛行機を予約しようとしているのを、何度慌てて止めたか知れない。

「そういや直輝くん、引っ越したのって通学のため？」

店内に流れる洋楽に混じって訊かれた時、俺はアクセサリーのディスプレイを変えているところだった。

「それもあるけど、横浜からだって別に遠くはなかったっすよ。乗り換え2回で1時間くらいだったし」

　トレイに載っているアイテムを1つずつ確認しながら答える。リングは試着する人が多く、タグが外れやすいので特に注意深くチェックする必要があった。

「シェアハウスなんすよ、引っ越したとこ。ちょテニって知ってます？」

「聞いたことある。あれだろ、なんとかモユルだろ」

「そう、それが好きな人たちの集まりなんすよ。楽しそうだったから住んでみたくて。コミケで1人ずつ何かやらなきゃいけない決まりで、俺はコスプレするつもりなんですけど」

「コスプレ!?」

　店長が裏返った声を上げる。前に大学の友達に話した時もスケベ系かと勘違いされて似たような反応が返ってきたので「ちょテニのですよ」と予防線を張っておいた。

「あ、なんだ……。直輝くん、そういうの詳しかったっけ」

「全然っす。暇な時にちょいちょい調べてるけど、何から始めたらいいのかまったくわかんない」

「ふーん……」店長はポロシャツをハンガーから外す手を止め、少し考え込んだ。

「アメ村店のオープンを手伝った時にできた友達で、そういうのやってる奴いるけど。紹介しようか」

「マジすか？」

ものすごく助かる。つい昨日も1人で夜中までリサーチをして、衣装やらウィッグやらメイクやら、どこから手を付けるべきなのかと途方に暮れていたところなのだ。

「来週こっちに来るらしいから、一緒に飲む約束してたんだよ。紹介していいか訊くから、ちょっと待ってな」

「あざっす！　お礼にこのリング買いますね」

「従業員割でだろうがッ」

店長はくわっと目を見開いたが、サスペンダーの前ポケットからカンガルーみたいにスマホを取り出し、すぐに連絡を取ってくれた。

その日は家に帰ってから、美影と映画館ごっこをした。好きなお菓子を開けてリビングの床に寝転び、押し入れから発掘したプロジェクターで天井をスクリーンにする。

「痛(い)って」

上映開始から30分くらい経つ頃、個人の部屋からヒデさんが出てきて俺の腹を踏んづけた。

「おや、ごめんなさい」

ヒデさんは表情を変えずに謝り、天井を見上げて「OVAだ」と呟(つぶや)く。

「そのプロジェクター、ブルーレイ対応してなかった気がするけど。よく普通のディスク持ってたね」

「舞さんが特典のために2種買いしてたんです」

美影が床に寝そべったまま答える。

DNAだかGPAだか知らないが、俺以外の3人は時々、自分たちしか知らない言葉で会話をすることがあった。そういう時、俺は現地住民の中の観光客というか、1人だけ輪の外にいるかのような疎外感を覚えるのだった。あんまりしつこく尋ねると、また初日みたいにヒデさんにキレられてしまう。それでもやっぱり仲間に入れてほしくて、質問するのをやめられなかった。

「ウニャウニャAって何？」

「OVA。地上波では放送しなくて、円盤とかのためだけに作られた回のこと」

美影がすぐに教えてくれる。

「サンキュー。なるほど、道理で見たことないわけだ」

爆裂学園テニス部の面々がビーチでサーフィン対決をする回なんて、確か原作にもなかったはずだ。

「君さ。責めるつもりはないけど、ここまで何も知らないって本当に珍しいね」

ヒデさんが俺を見下ろして言った。

「ツイッターのアカウントは作ってなくて、ピクシブもOVAの意味もわからなくて、マリカでもすぐコース見失って。僕からしたら考えられないんだけど」

この前みたいにイラついてはおらず、ただ単純に不思議がっている口調だった。

どう答えるべきか迷って、俺は体を起こし、胡坐をかいた自分の足を見つめた。

何も知らなかったり、できなかったりする理由は、別に説明できないことじゃなかった。むしろ話したら楽になるはずだし、３人なら納得してくれそうな気がした。だけどできなかった。喉に引っかかった魚の骨みたいに、何かが話すのを邪魔していた。

俺は横に置いていた箱からコンソメ味のポテチを２枚取り、カーブを外向きにして唇に挟んだ。

「見て。アヒル」

「……うん」

ヒデさんはこめかみをピクつかせて苦笑する。次の瞬間、スマホが床の上で鳴った。

「お、ＤＭ来た！　すんません」

俺がスマホを手に取ると、ヒデさんは小さく息をつき「菓子食ったら、あとで掃除機かけろよ」と言ってキッチンの方へ歩いていった。

インスタで、フォローしていないアカウントからＤＭが来ていた。「なめ郎」というユーザーネームで、共通のフォロワーに店長がいる。返信したらすぐに既読がついて、ノータイムで何通かやり取りをした。

「わ！　すっげ……」

〈こないだイベントに出た時のやつ〉と、送られてきた写真を見て思わず息を呑んだ。

中華風の服を纏った、背が高く、緑がかった髪の男が、唇を引き結んでこちらを睨んでいた。顔の右側に大きな傷痕があり、そこだけ皮膚が引き攣れて赤い。鉾のような長い武器を、使い慣れた様子で構えていた。見ているだけで息が止まりそうな、整然とした緊迫感がある写真だった。

「白龍だ」

画面を覗き込んできた美影が言った。

「知ってるキャラ？」

「うん、上に漫画あるよ。貸そうか」

「やったぜ。これな、今度衣装の買い物に付き合ってもらう人」

「知り合い？」

「知り合いの知り合い。今ＤＭで仲良くなった」

「今⁉　コミュ強って怖……」

美影は本気で慄いている顔をした。

なめ郎さんとはその後もＤＭを続け、今週の日曜に池袋で会うことになった。「大学が池袋にあって」とも「池袋に住んでいて」とも言っていないのにドンピシャで指定してきたからびっくりしたが、考えてみれば俺がこうして住んでいることも、この街がアニメと漫画の聖地であるからに他ならない。ここが私のアナザースカイ、と誰でもない芸能人の声が一瞬、声が頭の中で聞こえた。

日曜の午後1時、東口のドンキの前で待ち合わせの時間になるのを待った。俺は〈黒のTシャツにショルダーバッグ持ってます。髪は金〉と送ったが、向こうからは〈了解〉とだけ返ってきたので、こちらからは探しようがなかった。

約束の時間を5分ほど過ぎる頃、不意に肩を叩かれた。振り返った途端、頰にブスッと知らない人の指が刺さる。俺が見上げると、その人はニマッと笑い「直輝くんやんな？こんにちは」と言った。

レンズが茶色いサングラスをかけ、ヨット柄の赤いシャツを着ていた。少し長めの髪を、後ろでちょんまげみたいにまとめている。歳は店長と同じ20代後半だろうか。

送ってもらったコスプレ写真とは服装も表情も何もかも違っていたので、俺は束の間、口をぽかんと開けたまま返事ができなかった。

「……ど」

「ん？　ど？」

「……どうも」

「ははは！　どうもどうも。新ちゃんからご紹介いただきました、なめ郎です。よろしゅう」

ＤＭで教えてもらった情報によると、なめ郎さんは大阪を拠点に古着のバイヤーの仕事をしているらしい。コスプレを始めたのは5年前で、コミケにも参戦したことがあると言っていた。

「あの傷痕もメイクだったんすか？」

「うん、アートメイクのキットでちょちょっとな。それより俺、昼メシまだやねん。このへんでラーメン美味(うま)いとこない？」

「あります！」オタク用語には詳しくないが、そういう話題なら大得意だ。

「デカい餃子(ギョーザ)が付いてくるとこか、明太子(めんたいこ)のつけ麺かどっちがいいっすか？」

なめ郎さんは腕を組んで長考したのち「餃子」と答えた。

ドンキからさほど遠くないところにあるその店は、休日の昼間だから行列ができていたが、回転が早く10分もしないうちに入ることができた。2階席へと続く幅の狭い階段を上る。

「床が油でつるつるや。こういうとこは美味い確定」

なめ郎さんが嬉しそうに言った。

海老(えび)だしの塩ラーメンとチャーハン、ジャンボ餃子2人前の注文を済ませると、さっそく「燃のコスがしたいんやっけ」と訊かれた。

「はい。俺にできますかね」

「余裕余裕。俺は自分の体格に合ったキャラしか選ばんから、正直なところ、身長190センチくらいの大男が来たら相談に乗れんなあと思っとったけど、これなら大丈夫そうや。燃と直輝くん、相性ええと思う」

「マジすか」

　テーブルの下でこっそりガッツポーズをした。俺は体が小さめだし、友達と大学のジムに通っているから筋肉はそこそこある。自分でも悪くないんじゃないかと思っていたが、その道の先輩に太鼓判を押されると、やっぱり安心感があった。

「基本的には、ちょテミュの燃役の俳優さんを参考にすればええんちゃうかな。ガッツショップで売っとるジャージは、実物見たけどコスに流用するにはちょいペラかった。スパコミで京極先輩やってた俺の知り合いは、本物のユニフォームをリメイクしてたで。生地から作るより、俺もそっちの方がおすすめや」

「おお……じゃあ俺もそうします」

「後で商品ページのリンク送っとくわ。今日はウィッグと化粧品と、あと小物だけ見ようか」

「はい！」

　こんな会話をしているだけで、一気に前進している感が半端ない。聞くことすべてが新鮮で、自分がつい前のめりになっていることに気づいた。

「小物って、キャップとかシューズですかね」

「うん。あとはラケットとラケットバッグやな。まあ割とお値段するから、中古で見繕ってても……」

「その2つなら俺、持ってます。高校の時に、テニス部の奴からお下がりでもらったんです。ラケットの色は燃のとだいぶ近いし、ガットは緩いけど実際にテニスするわけじゃないから使えると思います」

こればかりは、使えるんじゃないかと思って部屋の隅にずっと出しっぱなしにしていたのだ。ラケットだけじゃなくバッグだって、高校名が入っているところをカラースプレーで消せば使えるだろう。

「そうか」なめ郎さんは軽く頷いた。

「ちょテニのファンやのに、直輝くんはテニス部じゃなかったんか。どこ入ってたん?」

「帰宅部でした」

「バイト三昧?」

「……いや、勉強のためっすね」

その時、料理が運ばれてきたので、俺はこの話題を切り上げることができた。

脇に置いてあった割り箸を取って渡すと、どんぶりから漂う湯気を吸いこんだなめ郎さんが「幸せの匂(にお)いや」と笑った。最後の晩餐(ばんさん)は何がなんでもラーメンにすると、5歳の頃から決めているという。

「じゃあ、なんでなめ郎ってレイヤー名にしたんすか？」

そう尋ねると、少し口ごもってから「本名が味野(あじの)っていうねん。干物(ひもの)と迷ったけどな」と教えてくれた。

「直輝くん。ちょっとイーッってして」

山盛りのチャーハンを頬張ろうとした瞬間に言われて、理由がわからないまま俺は口を横に開いた。なめ郎さんは俺の歯をじっと観察した後「うん、いけそうやな」と頷く。

「燃の歯な、先っぽが尖っとるやろ。前にネットで見たんやけど、白いネイルチップを切って透明のマウスピースに貼り付けたら再現できるらしいねん。喋(しゃべ)りにくくなるから写真撮る時だけにせなあかんけどな。直輝くんの歯並びなら、市販のマウスピース使えるやろ」

確かに、燃の歯はサメみたいに鋭い。強気で野性的な性格を表している感じがして、俺の特に好きなポイントの1つだ。だけどまさか、コスプレでそこまで再現できるとは思わなかった。

「……すごいっすね」

俺は口の中のチャーハンを咀嚼(そしゃく)し、飲み込んで、なんだかそれきり手を動かせなくなってしまった。マウスピースのアイデアへの感心と、コスプレの奥深さへの驚き、見ず知らずの素人にここまで親切にしてくれたなめ郎さんへの感謝の気持ちが相まって、胸がいっぱいになっていた。小学生の頃、家へ帰れば塾に行かされるのが嫌で立ち寄ったコンビニの、雑誌コーナーで初めてちょテニに触れた日を思い出した。あの時、鬱蒼としていた俺の心に、燃が稲妻のようなスマッシュを決めたのだった。あの日から、燃は俺にとっての眩しい光だった。自分から最も遠くて、心の底からなりたいと思える唯一の存在だった。そんな彼に俺自身がなるための準備が、今、目の前で静かに進んでいる。これ以上、何を望むことがあるだろうか？

「なんか……神は細部に宿る、って言葉を思い出しました。使い方、間違ってるかもしれないけど」

「間違ってへん。細かい部分にこだわるほど、全体の完成度も上がるんや」

なめ郎さんは麺を一口すすり込んだ。

「買い物は地味に体力使うからな。今のうちに食った方がええで。奢ってもらう立場で言うことちゃうけどな！」

そう言ってワハハ、と豪快に笑う。幸せそうに食べる様子を見ていたら、俺もまた腹が減ってきた。巨大な餃子を箸で持ち上げてかぶりつく。「はい、美味い」勝手にアフレコされて思わず笑ってしまった。

メシの後になめ郎さんが連れていってくれたのは、池袋でウィッグの品揃えが最も豊富だというコスプレ用品の専門店だった。店内のどこもかしこも、天井まである高い棚にウィッグを被ったマネキンがずらりと並んでいる。奥の方へ進むほどグラデーションで色が淡くなっていて、赤や黄、青、緑、紫と、街中では見かけない派手な髪色だらけなのが見ていて楽しかった。

「燃は剛毛でワイルドな雰囲気やし、レイヤーが入ってるタイプのがええ」

言いながら、なめ郎さんは〈ハイパーレイヤー〉という吊るし看板が出ている棚に近づいた。スーパーロングのようなどっしりした存在感はないが、暴れ回ったライオンのたてがみような、疾走感が伝わってくるウィッグが並んでいる。

「このシリーズはちょい絡みやすいけど、逆毛を立てるのが楽でおすすめや。当日ワックスでガチガチに固めても、シャンプーしたらまた使えるしな」

「……これ、ちゃんと燃の髪型にカットするんですよね？」

「当たり前や。こんなお化けちゃんみたいな状態のまま被らんから安心し。行きつけの美容院にでも頼むんやで」

「了解っす」期待が高まると同時に不安も膨らみつつあったので、ちょっとほっとして棚に手を伸ばした。

炎みたいな色のウィッグと一緒に赤のカラコンも購入し、今度はルミネの中にある化粧品の専門店へ向かった。プチプラからデパコスまで一通りのブランドが揃っているので、何店舗もハシゴせずに済むらしい。

「普段メイク何してるん？」

「眉とコンシーラーだけです。あと皮脂吸収のパウダー」

「ほお。なら勝手はわかってると思うけどな、俺から1個アドバイスするわ」

なめ郎さんは声を落とし、国の機密事項でも伝えるかのように囁いた。

「メイクはな、面はデパコスで、線はプチプラや」

「……はあ」

「下地とかファンデーションとかパウダーは塗る面積が広い。つまり粗が目立つんや。これらは金かけた方がええ。パッと見の印象を左右するからな。反対にアイラインとかアイブロウとか、線モノはプチプラで充分や。形さえ決まれば目立たんし、ヨレてもすぐお直しできるやろ」

「なるほど」

持論を展開するだけあって、なめ郎さんの肌は陶器みたいにつるっとしている。じっと見つめていたら「イヤッ、穴開いちゃう」と、乙女みたいな反応をされた。

店内には選んだ化粧品を試せるブースがあり、お勧めされたものを使うと、俺の肌もお揃いにしたみたいにつるぴかになった。化粧の力ってつくづくすごい。ただ塗ったりはたいたりするだけで、自分を大切にしている気分になるし、終わった時には心もワントーン明るくなっている。

「俺、好きっす。こういうの」

鏡の中に向かって言うと、なめ郎さんが横から「何？」と訊いてきた。

「高校まで、お洒落（しゃれ）するのあんまり好きじゃなかったんです。どうせ理想通りにはなれないし、努力するだけ無駄じゃんって。だけど大学に入ったら自由な格好してる人いっぱいいて、そっか、努力じゃなくて楽しければいいのか、って。それで古着屋のバイト始めました。服も化粧も、普段着もコスプレも、俺、自分を変えられるものが好きっす。本当に、心の底から好き。一生関わってたいって思います」

そんなつもりじゃなかったのに、最後の方は人生目標の発表みたいになってしまった。

「ええやん、俺も服とコスメ好きやで。見てわかると思うけどな」

なめ郎さんが鏡越しに目を合わせて言う。結局その店には1時間近くいて、ほぼフルセットを買って後にした。

続いて向かったのはスポーツショップだった。爆裂学園テニス部の面々が使っているものに似たシューズと、燃がいつも被っているキャップ、あとは左手首に付けているリストバンドを探す。

「水色で、テニスボールと〈己に打ち勝つ〉って文字が刺繍（ししゅう）してあるやつですよね？

そんなピンポイントなもんないと思いますけど」

「いや、あれどっかのメーカーが実際に販売してるやつやねん。バレーとかバスケのと一緒に並べて売られてるの、梅田のルクアで見たことあるもん」

「ここ大阪じゃないっすけど……」

予想していた通り、リストバンドは無地かスポーツメーカーのロゴが付いたものしか見つからなかった。シューズはしっくりくるのがあり、俺は買おうとしたが、なめ郎さんに止められた。

「中古がええ。その方がリアリティあるやろ。サイズだけ確認しとき」

それもそうだと思ったので、キャップだけ買って店を出た。

「リストバンドはネットで探すことにします」

「いや、他にありそうな店ないか見てみよ。このままだと悔しい」

俺たちはルミネを地下1階から地上10階までぐるぐる回り、東武も西武もパルコも見て、最終的には誰かがツイッターに載せていた購入品紹介の動画を頼りに渋谷まで移動した。

目当てのものを見つけたのは、109の地下にある、中高生向けのごちゃごちゃした雑貨屋の店内だった。中に写真を挟むらしいユニフォーム型のキーホルダーと、マネージャー御用達っぽい手作り御守りキットの間に、それはあった。〈己に打ち勝つ〉の「勝」の刺繍が、小さすぎるせいで文字化けしたみたいになっている。スポーツメーカーのリストバンドと比べるとかなり安っぽい作りだったが、一応これも公式グッズらしい。

「俺が買ったる」

レジに足を向けた瞬間、なめ郎さんがサッとそれを奪い取った。

「え、いいっすよ、1日付き合ってもらったんだし」

「プレゼントしたいんや。直輝くんみたいな子がコスプレに興味持ってくれて嬉しいし、俺も久々に誰かにドヤ顔できて潤った。５００円ぽっち払わせてくれ」

「……あざっす！」

店長の知り合いだから相談に乗ってくれたのではなく、同じ趣味を持つ者として接してくれたのが嬉しかった。俺がお辞儀（じぎ）すると、なめ郎さんは「よせや」と照れくさそうに笑い、レジにいた店員さんに「バーコードでお願いします」とスマホの画面を差し出す。

ペイペイ♪　ドゥルルルルルッジャーン!!　アッタリ!!　イエ―――イ!!

「……まあ……今ので……タダになったんやけど……」

真っ赤になって腕をプルプルさせながら差し出されたそれを、俺は耐え切れなくなって噴き出しながら受け取った。

なめ郎さんとは、JR渋谷駅の改札で別れた。これからミヤシタパークの渋谷横丁へ向かい、店長と飲むのだという。「直輝くんも来ればええやん」と誘われたが、遠慮しておいた。2人に気を遣わせたくないというのもあったが、早く帰って今日買ったものを広げてみたかった。

「メイクも動画とか見て練習するんやで。全身完成したら写真送ってな」

「はい。ありがとうございました!」

お礼を言って、改札にPASMOをタッチする。ホームへと続く階段を上る前に1度だけ振り返ると、ヨット柄の赤いシャツを着た背中がゆらゆらと遠ざかっていくところだった。

日曜の夕方ということもあって、山手線の車内はそこそこ混んでいた。腕時計を見ると午後6時を過ぎたところで、乗客と乗客の隙間から辛うじて見える窓に、日暮れを眺める俺の顔が映っている。細い矢のような光線が、頬のあたりに差し込んでわずかに痛かった。紙袋が潰れないよう、胸の前で抱きかかえる。

新宿を過ぎると、混雑は一気に解消された。俺はドアの脇に立ち、ショルダーバッグからスマホを取り出した。シェアハウスのグループラインに、いくつか通知が来ている。

「——直輝?」

その時、目の前にぬっと誰かが現れ、視界がすべて影になった。

「やっぱり直輝だ」

顔を上げると、声の主は半笑いで言った。

「……兄さん」

「久しぶりだなあ？　上手くやってんのか」

ひと月ぶりに見る5つ上の兄は黒いスーツを着て、ダークブルーのネクタイを首元できっちり締めていた。

自分と似た顔の、自分よりはるかに背の高い人物が、自分では絶対にしない表情を浮かべて迫ってくるその威圧感を肌で感じるのは久々で、つい体が強張ってしまう。後ずさって距離を取りたかったが、背中側には座席の仕切りがあり、身動きが取れなかった。

「お前、池袋だったよな？　今帰り？」

「そうだけど。兄さんは……」

「仕事。見りゃわかるだろ」

兄は名門の法科大学院を出た後、司法試験の合格を目指しながら高田馬場にある法律事務所でパラリーガルをしている。山手線を使う時は遭遇する可能性があるとわかっていたのに、しばらく乗っていなかったから油断していた。

「お前のこと、母さんが心配してたぞ。今度の姉さんの結婚式をすっぽかすつもりじゃないかって。向こうの家族もいる場でそんなの許さないってさ。わかってるよな?」

「……俺の心配じゃないじゃん」

7つ上の姉は、来週の日曜、横浜にあるチャペルで式を挙げる予定だ。相手は日本最難関の大学に通っていた頃の同級生で、弁護士会の同期だという。父親同士が元々知り合いだったらしく、俺の両親は向こうの家族と良好な関係を築かねばならぬと、結婚が決まった当初からひどくピリピリしていた。姉本人がどう思っているかは知らないが、兄は両親に近い考え方をしていて、事あるごとに「迷惑をかけるなよ」「わかってるよな?」と、俺に警告を発してくる。

曾祖父(そうそふ)の代から続く弁護士家系の中で、俺だけが唯一、法学部に進むことすらしなかった。もちろん小さい頃は、胸元に金色のバッジを付けて働く両親に憧れていたし、自分も将来そうなるのだと疑いようもなく思っていた。むしろ、ならなければいけないと思っていた。

自分には素質がないのかもしれないと、初めて疑いを持ったのは小学4年生の時だ。返ってきた模試の結果を見て、祖父が「こいつは駄目かもしれん」と言った。

勉強は最初から好きじゃなかった。ただ、それ以外の何に時間を使えばいいのかわからなかったのと、家族にがっかりされたくなかったから机に向かい続けた。けれども順位は上がらなくて、きょうだいの中で俺だけが地元の中学校に通った。部活動に関しては何も言われなかったが、勉強以外の何かに時間を捧げること自体「逃げ」の行動のような気がした。実際、姉も兄も中高はずっと帰宅部だったし、その頃はまだ、俺だってもっと頑張ればどうにかなると思っていた。

高校3年生の冬、あらゆる大学の法学部に落ちまくった。滑り止めで受かったところもないわけではなかったが、父から「本当に努力したのか？」と訊かれて、そうだとは言えなかった。通学電車の中で、眠気に耐えられず鞄から単語帳を出さなかった日があったし、複雑な化学式の問題を、完璧には理解しないまま教科書を閉じた日もあった。そういう数々の「逃げ」の記憶が、お前は根性なしだと、今になって一斉に指を突きつけてくるようだった。

「……もう1年、やらせてください」

頭を下げて父に頼むと「それしかないだろう」と答えが返ってきた。

浪人生としての1年間は、刑期が明けるのを待つ囚人みたいな気持ちで過ごした。制服の高校生に混じって予備校の授業を受けるのも、同級生たちの楽しそうな大学生活の様子をSNSで見るのもつらかったが、何より一番堪えたのは、平日の真っ昼間、世間の人たちが学校や職場にいる間、静まり返った家の中にいなければならないことだった。難しい問題に躓いてふと顔を上げると、世界からたった1人だけ切り離されたかのように感じた。焦りと孤独で頭がいっぱいいっぱいになり、髪をめちゃくちゃに掻きむしって叫びながら、どこかへ走り出したくなった。

ある秋の夜、喉が渇いてキッチンへ向かう途中、リビングの床に落ちていたリモコンをうっかり踏みつけてしまった。その時、家族は全員寝室に引き上げていて、テレビの前にいたのは俺だけだった。

画面が明るくなった瞬間、見覚えのあるシルエットが視界を走り抜けていった。ユニフォームの裾がはためき、ラケットが翼のように翻る。いつかガッツ本誌で見た燃の姿だった。モノクロだった紙面と違って、色がついた体で動いている。けれど表情は原作のままに、サメのような歯が並ぶ口で雄叫びを上げた。

ちょテニと俺の歴史を年表に表すなら、あの日が第二の時代の始まりだった。「己に打ち勝て!」と彼は言った。「行きたい場所に自分を連れていけるのは自分だけなんだぜ!」とも。その言葉を聞いて、突然、ある疑問が湧き上がった。

——俺はいったい、どこへ行きたくてこうして勉強しているんだろう?

金色のバッジを付けたい、とは今となっては微塵も思っていなかった。弁護士という職業が嫌いになったわけでも、家族を尊敬できなくなったわけでもない。ただ、この生活の先に、自分の見たい景色が広がっているのではないと気づいてしまった。

家族にがっかりされたくないから頑張った。怒られたくないから、あらゆることを我慢して机に向かい続けた。そうやって本当の意思を押し殺し、他人を軸にして生きていくことが、自分を蔑ろにする行為でなくてなんだろう。このままでは、俺は一生己に打ち勝てないままだ。そう考えると恐ろしくて、でも気づけたことにほっとして、俺はテレビの前で膝をついて泣いてしまった。

　法学部以外のところも受けさせてほしいと、両親に言うことができたのは出願直前だった。母は眉根を寄せたまま何も言わなかった。父はしばらく考え込んでから低い声で「院に3年通うのか」と訊いてきた。弁護士になるには、大学を卒業した後、法科大学院へ進学して専門分野を学ぶ必要がある。法学部出身者は2年間、それ以外は3年間通わなければならない。

「……浪人したのに、申し訳ないとは思ってる」

　はっきり言おうと思ったのに怖気づいて、そんな遠回しな言葉しか出てこなかった。案の定、父は「はっきり言いなさい」と続きを促してくる。

「俺は弁護士にはならないと思う」

　重苦しい沈黙が流れた。今すぐこの場を逃げ出したくて、でも脚が震えていた。次に何を言われるのか、想像しただけで足元が抜け落ちていく気がした。

「……そうか」父は深い溜め息をついた。

「がっかりだ」

　それきり、すっと目をそらしてこちらを二度と見なかった。

学費、出すってさ。

後日、兄を通してそれだけ言われた。有り難かったが、申し訳なさの方が強かった。受験勉強を続け、2月に目指していた大学の経済学部を受けた。部屋で、スマホで、1人で合格発表を見た。おめでとうとは言われなかった。

大学に通い始めて、本当の意味で自分の好きなものを選べるようになった。シェアハウスに住むにあたって実家にいた頃よりも多くかかっている生活費は、将来返済する約束で毎月Ｇｏｏｇｌｅのスプレッドシートに記録している。父も母もフィクションの作品は一切嗜まないタイプなので、どんな関係性の人たちと住むのかは、説明しても理解してもらえなかった。

どんなにがっかりされたとしても、俺は両親のことが好きだった。覚えている限り最も古い記憶は、2、3歳の時、ほどけてしまった靴紐を綺麗な蝶々にしてもらったことだし、幼稚園の頃、仕事の合間を縫って自転車の練習に付き合ってくれたことを忘れはしない。ただ、そんな人たちが俺の好きなものを「恥ずかしいもの」として捉えていることが悲しかった。確かに、俺は家族の中では1番頭が悪い。がっかりされるのも当然かもしれない。でも、だからといって、俺が好きな漫画まで劣っていることにはならない。ましてやそれを好きでいることが、恥ずかしいことであるはずがない。それだけは、断固として主張したかった。

「直輝？　聞いてんのかよ」

　顔を覗き込まれて我に返った。兄が紙袋の端を引っ張り「これ何が入ってんの？」と、中を見ようとしていた。

「やめろよ。関係ないだろ」

「あ？　なんだその態度」

　俺の気のせいかもしれないけど、山手線のこのあたりの区間は都内の鉄道の中でも特に揺れが激しい。「やめろよ」再び抵抗した途端、足元がぐらりと傾いた。咄嗟に手すりを摑もうとしたせいで、紙袋を床に落としてしまう。

「……なんだ、これ」

　転がり出た炎の色をしたウィッグを、兄がぎょっとした顔で見つめていた。

「は……？　ちょっと待て、カツラだよな？　被るのか？　お前が？」

「悪いかよ」

　俺はかがんでウィッグを拾い、紙袋に戻す。汚れてしまったかもしれないが、美容院に持っていく前に自分でシャンプーすれば大丈夫なはずだ。また落としてしまわないように、今度は持ち手の部分をしっかり拳に握り込んだ。

　友達のだとか、大学のイベントで使うんだとか、今なら誤魔化すこともできそうだった。けれども、俺はそんなこと絶対にしたくなかった。今この状況で隠し事をすれば、コスプレに対する兄の「恥ずかしいもの」としての認識を、諦めつつ認めることになってしまいそうだったから。それでは、俺自身をここまで連れてきた俺や、力になってくれた人たちに顔向けできなかった。もう自分を蔑ろにしないと、真っ暗な部屋で光るテレビを見つめた日に決めたのだ。

「……それ、どうするんだよ。いつ被るんだ」

「コミケに出るんだよ。コスプレして」

「は？　なんだそれ――」

「高田馬場。着いたけど」

兄が何か言いかけるのと。ドアが開くのが同時だった。蒸し暑い外の空気が流れ込み、ホームのアナウンスが聞こえてくる。

「来週、来いよ」

舌打ちしてそれだけ言うと、兄は大股(おおまた)で歩いて電車を降りていった。

全身から、一気に力が抜けていくのがわかった。俺は空(あ)いた席に腰を下ろし、紙袋を膝に置いて息をついた。目の焦点を視界の全体にまんべんなく散らす。向かい側の席に座る人のパーカーの紐が、振動に合わせて振り子のように揺れ動いていた。

短い会話をしただけなのに、疲れが体にどっとのしかかってきた。兄と話をしていると、発した言葉の分だけ自分にもダメージが返ってくる。いくら声を張り上げても届けたいところには届かず、上から落ちてきた鉄の弾みたいな反論で、体ごと押し潰されてしまう。

池袋で電車を降り、歩いてシェアハウスへ向かった。湿度の高い風が、慰めるように頬を撫でていく。

交差点の手前で、スポーツバッグを肩から提げた学生の集団とすれ違った。甘酸っぱい制汗剤の匂いが鼻先をかすめる。何部なのかはわからなかったが、練習後に喋りながら肩をぶつけ合い、駅まで歩くのは楽しそうだった。

きょうだいに対する劣等感や、両親への申し訳なさと同時に、どうしてもっと早く自分なりの道を歩み始めなかったのかと、焼けつくような後悔を感じることがある。例えば今みたいな集団とすれ違った時や、『ＳＬＡＭ　ＤＵＮＫ』とか『ハイキュー!!』を読んだ時、心を動かされるのと同時に、自分を殴りたくなってしまう。どうして俺は高校生の時、そこにチャンスが転がっていたのに、違う道を選んだのか。もちろん部活に入ったとしても漫画みたいな青春が送れたとは限らないが、それでも羨ましかった。

シェアハウスのドアを開けた時、いつもと様子が違うことに気づいた。

「ただいま」

リビングに向かって声をかけると、顔を覗かせた美影が「おかえり！　準備できてるよ」と言う。

「準備？」

怪訝に思いながら靴を脱ぎ、鍵を閉めて美影の後を追った。ソファでは、舞さんとヒデさんがテレビにSwitchを接続してゲームをしていた。

「あらあらあら！　ちょっと〜あなたピンチじゃありませんこと？　私の時代の到来ですわ〜！」

「うるさい」

「ギャッ」

舞さんのピーチ姫が、ヒデさんのソニックに吹っ飛ばされた。

スマブラのルールはよくわからないので、俺は邪魔しないようそっと2人の後ろを通る。まだ誰も夕飯を食べていないらしかった。テーブルの上には、美影のバイト先のピザが2箱と、フライドチキンのバーレル、寿司の巨大なテイクアウト用のパック、そしてホールサイズのタルトの箱があった。

「今日って、何かのパーティーだっけ」

俺が尋ねると、「え」と美影は目を見開いた。

「10時半からアニメ5期の初回。もしかしてライン読んでない？」

「嘘だろ」

確かにこの前、放送日は1人1品ずつ持ち寄って待機会をしようと4人で話したばかりだった。その時はまだなめ郎さんとの予定は入っていなかったから、夕方になったら何か買いに行けばいいやと考えていたことを思い出す。慌ててスマホを見ると、グループラインには〈チキン連れて帰ります〉〈僕は寿司〉〈ざんまい？〉〈くら〉〈あら。私イチゴのタルト〉と吹き出しが並んでいた。

「うっわー、マジごめん、今日なの完全に忘れてた。今から買ってくる。何があったらいい感じ？」

「ちょっと量多すぎたかもって3人で話してたところだったから、大丈夫だと思うよ」

美影はチキンの袋を覗き込みながら首を傾げた。

「いや、俺だけなしじゃ申し訳ないって」

「後で折半するから必要ない」

ヒデさんがテレビに目を向けたまま、ジョイコンをすごい速さで操作して言う。

「どっかのヘタクソが予算オーバーしてホールのタルト買ってきたから、その分は差し引くけど」

「ヘタクソじゃない！」

「は？　これでも？」

「あっライフ……あ――あ……」

どうやら決着がついたらしい。舞さんは勢いよく立ち上がるとテーブルに駆け寄り「見てこれっ」とタルトの箱を開けた。

ぎっしり並べられた真っ赤なイチゴが、大輪（たいりん）の花のようにパッと目の前で咲いた。つぶつぶした果肉の表面が、天井の光を反射して輝いている。生地の香ばしさと、カスタードクリームの甘い香りが1つになってあたりにふわっと広がった。

「すげえ」

あまりに美味（おい）しそうで、思わずにやけてしまう。舞さんは得意げに腕組みをした。

「映くんが2年ぶりに地上波で喋るんだからね、これくらいやらなきゃ後方彼女面（づら）できないでしょ」

「何言ってんの?」ヒデさんが鼻に皺（しわ）を寄せた。

それから放送時間になるまで、初日みたいな飲んで食ってのお祭り騒ぎが始まった。こういう時、一緒に住んでいるのが血の繋（つな）がらない他人たちで本当によかったと思う。俺だけじゃなく、他の3人にもきっと日々の生活の中で悲しいことや面倒なことがあって、けれどもそれらは、この家のリビングに決して持ち込まれることはない。明確な決まりではなく暗黙の了解だったが、少なくともここにいる間は、誰も個人的な愚痴（ぐち）やわがままを言わなかった。俺は兄に会ったことで強張（こわば）っていた心と体が、徐々にほぐれていくのを感じた。

9時を過ぎる頃、ピザとチキンと寿司が売り切れたタイミングでケーキ（タルト）入刀が行われた。切るのはもちろん、買ってきた本人だ。

「俺、包丁持ってきますね」

「お願いしまーす……あっ直輝、あれにして。なんかパン切る用の先がギザギザしてるやつ」

「あれ僕のなんだけど」

「いいじゃん。同居人のものは私のもの」

「空き地のいじめっ子かよ……」

フヘへと美影が妙な声で笑う。俺がキッチンからパン用のナイフを持ってくると、舞さんはそれをエクスカリバーみたいに構えて「いざ」と重々しく言った。

四角いテーブルの中央にタルトの箱を据え、別々の角度から4人で覗き込んだ。舞さんが表面のイチゴに刃をあてがい、身を乗り出す。卓上に放置していた袋やチキンの包み紙がガサガサと音を立てた。

「何等分すればいいんですかね？」

美影が緊張の面持ちで尋ねる。

「8等分。こんな大きいの食べきれないだろ。慎重にいけよ」

ヒデさんがすぐに答えた。

「わかってるわよ………あっ、まだ入ってる缶倒した！　こっち来て助けてよ、あーもう」

「チクショー案件っすか？」

「ん？　そう。……違う嘘、もう1回やらせて。飲み切ったかと思ったら～まだ入ってました～チク――」

「早く切れよ。面白くないから」

ヒデさんに言われてムッとしたのか、舞さんは「チクショー！」と鋭い掛け声と同時にナイフの刃をタルトの底まで沈めた。思い切りがよかったからか綺麗に切れて、ほっとしながらそれぞれの皿に1ピースずつ取り分ける。俺と美影で4人分のコーヒーを淹れて、のんびり食べながら時計の針が進むのを眺めた。

10時過ぎになり、放送開始まで30分を切ると、緊張で誰も話さなくなった。美影が無言で立ち上がり、部屋から餅みたいな顔をした丸い燐のクッションを取って戻ってくる。体の前で抱きしめたそれが、ぬいぐるみ特有の曇りなき眼で俺のことをじっと見つめた。

「見たくなくなってきたかも」

舞さんが悟り切った笑みを浮かべて言った。

「1日に摂取してもいいちょテニの量を越えてしまう気がする。今日が命日だわ」

「映の幼少期回ですもんね」

「そう。なんか私、スーツとか着て見るべきじゃない？」

「それ以上の正装ないから安心しろよ」

今日の放送のために、舞さんは観賞用だった映の方のルームウェアに初めて袖を通したのだった。

10分前にテレビを付けた。

「音大きくない？」

「大丈夫っす」

「私も大丈夫」

「私もです」

誰からともなく椅子から下り、４人で画面の前に正座する。

時計の針が10時半を差した瞬間、それまでやっていたニュース番組のアナウンサーがお辞儀をし、画面が切り替わった。

俺が小学生の時や、浪人生の時とまったく同じ眩しさで、燃が颯爽と走り出した。目の奥で星が瞬き、鼓動が速くなる。短い導入の後、オープニング曲が流れ始めた。

「「あああ！」」

両脇から鼓膜をぶち抜かれた。

「ちょ、おど、踊ってる！　え！　待って！　ちょっと！　踊ってる！」

「ありがとう………………」

曲に合わせてキャラクターがダンスし始めると舞さんが叫び、双子がハイタッチをしたところで、美影がひっくり返って気絶した。ヒデさんが音速でリモコンを掴み、目は画面に釘付けのまま無言で音量を上げる。

世界で最も短い30分間だった。今回の話は、原作における第273話〈兄たる者は〉で、プロ育成のための強化合宿に招待された双子が、シングルスで対決するという内容だった。映の成長にフォーカスした回なので、燐の登場する場面はそれほど多くないし、最終的には負けてしまう。それでも、彼は絶対に落ち込んだりしない。すぐさまビョンと立ち上がり「壁打ち100回！」と自主練を始める。

がむしゃらにラケットを振る燐を見ながら、俺は何にもめげない強い心を持ち合わせて、現実世界で生きていけたらどんなに楽かと考える。もちろん、上手くいかないことだってあるはずだが、少なくとも自分を「劣ったもの」「恥ずかしいもの」として見られる悔しさを味わうことは、各段に少なくなるんじゃないかと思うのだ。

「オープニングで踊ってたのがそんなに嬉しかったんすか」

放送が終わった後、ティッシュで涙を拭っている舞さんに尋ねると、「うん」とガビガビの声が返ってきた。

「私、歌って踊れるアイドルとしてデビューした映のマネージャーになる大長編夢小説で号泣したことある人間だから……こういうの、ずっと見たいと思ってて」

「そっすか」

なんのことを言っているのかわからなかったが、今の状態の舞さんに説明を求めるのは酷っぽかったのでやめておいた。

1時間くらい余韻に浸ってぼーっとした後、「糖分が足りない」ということで残りのタルトを食べ（舞さんも今日は「特別な日」なので我慢しなかった）、録画で2回目を見た。今度は誰も叫ばなかったし気絶しなかったので、さっきより集中して楽しめた。

「燃、かっけえな。ほんとに……」

次回予告（『ハーイ！　アイムハユル。みんな調子はどう？　僕はモユルと試合ができてとても嬉しい。ボールだけじゃなく、会話でもグッドなラリーをしたいんだけど……。次回〈ギクシャク兄弟〉お見逃しなく。シーユーネクストウィーク！』）もしっかり見た後、俺はソファに倒れ込んだ。興奮で頰に血が上っているのがわかる。体の1つ1つのパーツに重力がかかっているのを、いつもより強く実感した。

歯を磨き、ヒデさんと順番で風呂に入って、心地いい疲れを感じながらベッドに入った。部屋の隅に置いてある、今日買ったものたちが入っている袋を暗闇の中で眺める。

誰にどう思われようと、俺はちょテニが好きだし、コスプレをするし、それに関してはめげない心を持っていたい。行きたい場所に自分を連れていけるのは自分だけ。その言葉を思い浮かべてから目を閉じた。

翌週の日曜日、朝の8時に起きて洗面所で顔を洗った。導入化粧水をスプレーで吹き付け、直後に化粧水を叩き込む。

姉の結婚式のために、9時にはここを出発する必要があった。部屋のドアが開いているので、舞さんはもう仕事へ行ったらしい。美影はまだ寝ているみたいだ。階下からコーヒーの匂いが漂ってきて、ヒデさんが朝食の用意をしているのがわかる。

部屋に戻り、椅子に座ってスタンドミラーの中の自分と向き合った。小型の電気シェーバーで眉間を剃り、下地を塗ってコンシーラーをスポンジで伸ばす。パウダーをはたいて眉毛を描く。コスプレ用の化粧に比べると行程はずっと少ないが、頭をしゃっきりさせるには充分だった。

3日前に美容院で黒染めした髪に櫛を入れ、ヘアアイロンを温めている間に、寝間着を脱いでワイシャツを着る。上の方のボタンはひとまず開けておき、スラックスを穿いてベルトを締めた。

「今後は色々な場面で着ることになるから」と、大学に入る時、父にスーツを買ってもらった。入学式は兄のものを借りればいいいし、就活前に自分で揃えるから必要ないと断ったのだが、「お前にまともなスーツを選べるわけがない」と押し切られてしまった。「直輝が俺のを着ると丈が長くてみっともないからな」兄からそう追い打ちをかけられた時はさすがにムッとしたが、身長差を考えると認めざるを得なかった。

　贈られたスーツは大学生の俺には分不相応で（採寸の時は値段を見ないようにしていた）、これを着て就活するのかと考えると、まだ見ぬ面接官のことを思って今からかなり胃が痛かった。しかし入学式でも成人式でも、スーツは驚くほど俺に自信を付けてくれた。袖を通した瞬間、背筋が伸びるのを細胞単位で感じるのだ。

　ヘアアイロンとワックスを使ってセットを終え、シャツのボタンを上まで留めてネクタイを締める。ベストを着、左手に腕時計を付ける。全身鏡の前に立ち、やはり大好きだと思った。なりたい自分になるための服。古着もコスプレ衣装もスーツも、すべてひっくるめて愛している。思い入れや値段や質や、価値の基準となるものはなんでもいいが、とにかくそれらを身に纏うことで、新しい一歩を踏み出すことができる。

　部屋を出る直前、手に持っていたスマホが鳴った。〈おい〉〈わかってるよな？〉2通とも兄からだった。〈行くよ〉それだけ返信して通知をオフにする。ぽつりと1滴、体内の水に毒を垂らされたような気持ちになった。

　溜め息をついて足元に視線を落とすと、鏡の前に置いていた紙袋が目に留まった。

　——思い入れや値段や質や、価値の基準となるものはなんでもいい。

　さっき自分が考えていたことが、再び頭の中に浮かぶ。ほとんど反射的に紙袋に手を伸ばし、目当てのものを摑んでから階段を下りた。

「ええ、何それ。合ってないよ」

　リビングでは、ヒデさんがトーストした食パンを食べているところだった。右手首に〈己に打ち勝つ〉の青いリストバンドをはめた俺を見て、正気を疑うみたいに眉をひそめる。

「せっかく高そうなスーツ着てるのに、台無しだよ」

「御守りみたいなもんなんですよ。こうしてシャツの内側に隠して、ジャケット着ちゃえば見えないし」

　俺が言うとヒデさんはもう興味をなくした顔で「ああ、そう」と頷(うなず)いた。

「お姉さんっていくつ上?」

「7つです。5つ上に兄貴もいます」

「へえ」

「……どんな仕事してるのとか、仲いいのとか、聞かないんですね」

「別に。そこまで知りたいと思わないし」

　ヒデさんはコーヒーをひと口飲んだ。

「僕らが求めてるのって、普通の友達みたいな関係じゃないでしょう。きちんと家賃払って家事やって、コミケに出て面倒を起こさずにいてくれれば、あとはどうでもいいよ」

　まったく、こんな淡白(たんぱく)な人には今まで会ったことがない。けれども、そのあっさりした感じがなんとも嬉しかった。ウへへへへと笑いながらすり寄ると、ヒデさんは「気持ち悪い。近寄らないで」と言ってサッと遠ざかった。

「……あの」

以前から気になっていたことを、ふと尋ねてみたくなった。

「すげえ今さらですけど、なんでシェアハウスしようと思ったんですか？　たぶんだけどヒデさんって、１人でいる方が楽な人でしょ」

「そうだね」

迷いなく頷かれた。

「だけど楽に甘んじない方が、充実して楽しいこともあるだろ」

答えをぼかされたのがわかった。けれど俺だってさっき詮索されなくて嬉しかったし、それ以上訊くのはやめておいた。拒絶されたわけではなく、いつか教えてくれそうな気もした。

必要なものをクラッチバッグに入れ、革靴を履いてシェアハウスを出た。東口から地下街に潜ることもできたが、天気がいいので西口まで屋外の道を歩く。

風邪が爽やかで心地よかった。おめでとう姉さん、と少し早いけど心の中で思う。きょうだいが晴れの日を迎えたことはもちろん、自分が劣等感に支配されず、純粋なお祝いの気持ちを抱いていられることが嬉しかった。

副都心線で日吉駅まで移動し、市営地下鉄に乗り換えてセンター南駅で降りた。図書館と郵便局のそばの、のんびりした静かなところにそのチャペルはあった。

式の前に、控え室で親族紹介が行われた。両家とも揃っているのはおじ・おばまでで、それほど人数は多くなかった。

「谷本家のみなさま、伴家の親族をご紹介いたします。私は新婦の父の麟太郎と申します。よろしくお願いいたします。こちらは新婦の母親の由紀子でございます」

父が言うと、横に座っていた母が立ち上がり、新郎側の親族に向かって一礼した。

「由紀子の隣は、新婦の弟の郁人でございます。新婦とは2つ離れております」

今度は兄が立ち上がり、母と同じく一礼した。

「郁人の隣は、同じく新婦の弟の直輝でございます。新婦とは7つ離れております」

俺はなるべく無駄な動きがないよう立ち上がり、頭を下げた。顔を上げる時、視界の右端で姉さんが微笑んでいるのが見えた。膝のあたりから裾が人魚のように広がるデザインの、タイトな純白のドレスがとてもよく似合っている。なりたい自分になるための服。その言葉をまた思い出した。

「安心したよ、直輝」

式場のスタッフが結びの挨拶をしている時、兄に横から囁かれた。

「お前が式をすっぽかすことの次に、俺が何を心配してたかわかるか？　お前があのおかしなカツラを被ってここへ来ることだよ」

頭に血が上るのを感じた。堪えろ、と自分に言い聞かせて腿の上の拳を握り締める。ここで言い返すのは非常識すぎる。俺が無視を決め込むと、兄はつまらなさそうに息をついてスタッフの方に向き直った。

親族紹介の後、全員で記念写真を撮った。それが済むとチャペルに移動し、しばらく待った後「ご着席ください」のアナウンスがあってパッヘルベルのカノンが流れる。式自体にかかった時間は30分ほどで、その後は近くのフレンチレストランで会食が行われる予定だった。

「お前たち、こっちへ来なさい」

会食の受付まで時間があったので、チャペルで待機していると父に手招きされた。新郎の従兄弟たちが挨拶に来たらしい。兄と一緒に歩み寄ると、彼らはにこりと微笑み「この度はおめでとうございます」と会釈をした。

新郎の従兄弟はどちらも俺の5つ上、つまり兄と同じ歳で、1人はメガバンク、もう1人は総合商社に勤めていると言った。自信に溢れた様子だったが、鼻にかけた雰囲気はなく、いい感じの人たちだった。

「郁人さんは、弁護士をされているんでしたっけ」

メガバンクの方がそう言った時、隣に立つ兄のこめかみがピクッと動いたのを俺は認めた。現役で司法試験に受かった姉に、兄は長らくコンプレックスを抱いていた。

「いえ、まだ勉強中でして」

兄がぶっきらぼうにそれだけ答えると、新郎の従兄弟は「そうでしたか、失礼しました」と特に慌てた様子もなく頷いた。

「これは明憲さんや娘のようにはいきませんで、現役の時は司法試験に落ちたんです。法の世界を舐めている証拠ですな。不出来な息子でお恥ずかしい」

父が横から低い声で言った。兄は「いやあ」と頭を掻くが、口元に反して目が笑っていない。

「直輝さんは」

商社の方の従兄弟が、今度は俺に目を向けた。

「大学生です。今は2年です」

俺が答えると「これが駄目な奴でね」と、今度は兄が横から口を挟んだ。

「昔から要領が悪い上にわがままで、家族を困らせてばかりなんですよ。この間もよくわからない漫画のイベントにコスプレして出るとか言い出して、もう私は何がなんだか……」

「はあ」

新郎の従兄弟たちは、あっけにとられたように目を見開いた。俺はこっそり脇腹を小突いたが、兄は気づく様子もない。

　結局、周りの招待客がチャペルからレストランへ移動し始めたタイミングで「そろそろ」と父が話を切り上げた。新郎の従兄弟たちは会釈して、自身の家族の方へ戻っていく。

「どうしたんだよ、不細工な顔して」兄に顔を覗き込まれた。

「趣味のことを言われたのが恥ずかしかったのか？」

「違えよ。兄さんが俺を使って自分をマシに見せようとしたのが嫌だった」

「はあ？　事実だろ」

　兄は刺々しい声を上げる。

　言い返すわけにはいかないと、またもや俺は拳を握り締めた。どす赤い感情が腹の底に滴り、血だまりを作っているのがわかる。

　父が兄をこき下ろし、兄が俺をこき下ろし、良くない部分が遺伝しているのを目の当たりにしたのが嫌だった。もしかしたら、俺だって自分では気づいていないだけで、どこかで同じことをしてしまっているかもしれない。そう考えると恐ろしかった。

　兄に指摘された通り、本当はコスプレのことを持ち出されたのが恥ずかしくもあった。新郎の従兄弟たちの驚いた顔が忘れられない。誰にどう思われようとめげない心を持とうと思っていたのにと、自分に嫌気がさした。

　美影や舞さんやヒデさんは、自分たちが同人活動をしていることを、シェアハウスの外では隠して生きている。「なんで？」前に気になって尋ねたら、3人とも同じように答えた。「我々は作品の延長線上に勝手に幻覚を創り出しているだけだから、ちょテニを純粋に楽しんでいる人たちの毒になってしまう」と。「なるほどなぁ」しかし俺が納得した矢先、3人は続けた。「ってか、それ以前に恥ずかしいから」

「えっ？」

「ろくにブクマも付いてないのに、BL書いてることを公言できるわけがないでしょ」

「私だって、二次元の映くんにガチ恋するのがまともじゃないことくらい自覚してる」

「公式様の人気にあやかってしゃしゃり出るなど言語道断。腹を切る方がまだマシだ」

ヒデさんは後から美影と舞さんに「切腹は言い過ぎ」と突っ込まれていたが、その顔には冗談では片付けられない気迫があった。

3人と同じく、俺も燃のコスプレをしている時にバイト先の店長や大学の友達と出くわしたら、確かに恥ずかしいだろうなと思う。だけど美影たちと違うのは、彼女たちがそれでも活動に愛を注ぎ続けるのに対し、俺が自分を馬鹿にしてしまうことだ。ほら、やっぱり俺は劣っているから、家族の中で1人だけ落ちこぼれだったから、こんな恥ずかしいことになったのだ。そう思って、自分で選んだはずのものまで大切にできなくなってしまうに違いなかった。

会食では3時間ほど兄の隣に座り続けたが、始終スピーチやら手紙の朗読やらのブログラムがあったので、口論はせずに済んだ。最後に、全体での記念撮影が行われる。カメラマンがカメラの調整をしている間、俺は自分の手を見下ろした。生命線のあたりに、拳を握り締めた爪の痕が残っていた。

レストランを出たのは午後4時過ぎだった。シェアハウスの玄関にある〈夕飯いる／いらない〉のホワイトボードを、出がけに確認しそびれたことを思い出す。今日は誰が家にいるのかわからないが、お土産に崎陽軒のシウマイを買って帰ったら喜ばれるかもしれない。

「直輝」

後ろから兄の声がした。

「お前、そうやってさっさと逃げ帰るつもりか」

振り返って見た兄の顔は、怒りや苛立ちが複雑に混ざり合い、奇妙な暗さを帯びてひどく歪んでいた。ところどころ自分と似ている箇所があるだけに、余計に不気味だった。

「実家に寄る時間くらいあるだろう」

言いながら、兄は1歩1歩距離を詰めてきた。その後ろではたくさんの招待客たちが、いい式だったと笑い合いながら駅に向かって歩いていた。

迫ってくる兄から逃れ、じりじりと招待客たちの視界に入らない場所へ移動しながら、この人も大概可哀想だと俺は思った。姉が結婚し、俺が出ていったことで、兄は実家で両親の1人きりの子供になった。優秀な姉と、逃げ出した弟の間に挟まれて、働きながら試験勉強もしなければならない生活。その重圧を想像しただけで、俺まで息が苦しくなる。

「待てよ直輝」

　声はなおも追いかけてきた。

「勘違いをして恥ずかしくないのか？　ありのままの自分を受け入れてくれる場所を見つけたからといって、お前が劣っている事実は変わらないぞ。安全圏に避難して、俺のことを馬鹿にしているんだろう。家族みんなの期待を俺に押し付けて、気ままに生きるのは楽しいか？」

　ここへ来る時にも通った、レストランとチャペルを繋ぐ小道の、背が高い木のそばで俺は足を止めた。枝が風で揺れ、木の葉が夏の始めの緑の匂いを放っている。兄がまた距離を詰めてきた。

「何か言えよ。口がきけないほど頭が悪いわけじゃないだろう」

「兄さんが自分の人生に満足してないのは俺のせいじゃないよ」

「阿呆な漫画にのめり込むよりマシだろうがっ」

　その言葉だけならまだ我慢できた。しかし兄が靴の裏で、わざと汚れが付くようにスーツの腿のあたりを思い切り蹴ってきたので、痛みを感じるのと同時に自制心が吹き飛んでしまった。

結婚式は終わった。

記念撮影も済んだよな？

俺は服を雑に扱う人間を許さない。

俺は服を雑に扱う人間を許さない。

「ふざけんなよっ」

兄の顔面に向かって拳を繰り出した瞬間、ジャケットの袖が捲れ上がってリストバンドに刺繍された文字が見えた。〈己に打ち勝て〉そう書かれていた。

俺は今まで、兄に正面からぶつかったことも、強く反抗したこともなかった。いつだって俺の方がのろまだったし、言い返す権利はないと思っていたから。だけどそんな風にいつまでも、弱い者のままでいてどうするのか。兄に負ける以前に、俺は常に自分自身に負けていた。それを今、この瞬間に変えるのだ。

「やめろ、みっともない！」

父の声がした。俺の右ストレートは避けた兄の頬をかすめただけで、大したダメージを与えることはできなかった。がっかりして、でもよかったなと少しだけ思う。殴り合いになったら、今度こそ本格的にスーツをめちゃくちゃにされていたはずだから。

「俺が選んだものを、馬鹿にしないでくれ」

父にも聞こえるよう大声で言うと、目の前にいる兄がびくりと肩を強張らせた。

「確かに俺は頭が悪いし、勘違い野郎かもしれないけど、だからといって俺が好きなものまで馬鹿にする権利はそっちにないだろ！」

俺はちょテニが好きだった。数えきれないほど救われたし、これからも救ってくれるはずだと思っていた。だから少なくとも、作品の在り方は変わらないのに、周りの評価を気にして見方が変わってしまうのは嫌だった。自分を大切にしたいだけなのに、それを貫くことがこんなにも難しい。どうして今まで気づかなかったのかは知らないが、俺はその時、俺のことを一番馬鹿にしていたのは俺自身であるということを、稲妻(いなずま)のようにハッと見抜いた。

「……俺を、馬鹿にしないでくれ……」

口から出た言葉の矢が、自分自身に深く突き刺さった。

長い沈黙が流れた。驚きで半開きになった兄の口が、徐々に閉じてきまり悪そうに引き結ばれるのを俺は見ていた。遠くの方で、鳩が何羽か連れ立って飛んでいく。その羽音が聞こえるくらい、あたりは静まり返っていた。

「……今の家に、帰ります」

父に向かって言うと「わかった」と少し間が空(あ)いてから声が返ってきた。

1人で、駅に向かって歩いた。嫌な気分ではなかったが、心にぽっかり穴が開いたようだった。右の拳がまだ兄の頬を覚えていた。この感触を忘れてはならない気がした。

　日吉駅でシウマイを買い、東横線に乗った。空いた座席に腰を下ろし、スラックスについた靴跡を軽くはたく。さらさらした土の汚れは、布地の上でぼんやりと広がったけれど、完全には消えてくれなかった。明日クリーニングへ持っていこうと決めて、背もたれに体を預ける。目を閉じると、疲れで意識がすうっと遠ざかっていった。

　池袋で電車を降り、いつもの帰り道を歩いた。シェアハウスのドアを開けると、米の炊ける匂いがふわりと漂ってきた。キッチンから話し声が聞こえる。

「どっち？」

「直輝じゃないですか。ヒデさん夜までだから」

「そっか。アレ買ってきたかな」

「どうでしょう」

　靴を脱いで部屋に入ると、美影が一目散に駆け寄ってきた。

「おかえりシウ……直輝！」

「今絶対シウマイって言おうとしただろ」

　突っ込みは華麗にスルーされ「ほんとに買ってきた！　嬉しい！　テレパシー！」と瞬く間に袋を奪われる。

「お土産!?　お土産だよね」

　目を輝かせて訊かれ「ああ、どうぞ」と頷くと、美影は舞さんと手を取り合って踊り始めた。

「なんで米炊いてんの？　まだ5時過ぎだけど」

「舞さんも私も仕事とバイトでお昼食べてないから」

「おかずは？」

「ない。めんどくさかった」

舞さんが美影から受け取った袋の中を覗き込んで答える。

「カップラーメンはあんまり好きじゃないし。卵かけごはんでもいいけど、直輝がお土産連れて帰ってくるかもって話してた」

「……そっすか」

「なんか疲れてない？」

「いや、別に。俺食べないんで、カウントしなくていいですからね」

リビングを出て、2階へと続く階段を上る。キッチンからは「チンしましょうチン！」と、美影の嬉しそうな声が響いてきた。

ジャケットとスラックスとワイシャツを脱ぎ、ハンガーにかけてベッドに倒れ込む。ああ、と息をついて右手首のリストバンドを見た。〈己に打ち勝て〉の「勝」が、やっぱり文字化けしたみたいに潰れていた。

電車の中でもうとうとしたのに、そのまま3時間近く寝てしまい、目覚めた時には部屋が真っ暗になっていた。涎で冷たくなった枕にウエッとなりながら体を起こし、部屋着を着てリビングに降りる。ダイニングテーブルで、美影と舞さんがパソコンとタブレットに向き合っていた。珍しく、会話もなければテレビも付いていない。

「何してんすか？」

「お絵描き」

「執筆」

　２人は互いの作品が見えないよう、テーブルの向かい合う辺の位置に陣取っている。ヒデさんによれば、併発していない（？）腐女子と夢女子というのは相性が良くないそうなのだが、くじのラストワン賞を求めて一緒にコンビニ巡りをするくらいには、美影と舞さんは良い関係を築けていた。今だって、仲が良くなければこんな形で作業をしようとは思わないはずだ。

「直輝になんか届いてたよ」

　舞さんがタッチペンで部屋の隅を示す。見てみると宅配便の包みが２つ、重ねて置かれていた。

「スゲー、届くの早い。受け取りあざっす」

「何買ったの？」

「コスプレの衣装の元にするユニフォームと、ガッツショップで売ってるCHOZのワッペンと靴下」

さっそくカッターで封を切り、中のビニール袋ごとユニフォームを取り出した。

「強化合宿バージョンか。さすがに爆裂学園テニス部のだと部屋着と一緒だもんね」

青と白のゲームシャツを見て、美影がキーボードを打つ手を止めて言う。

「ロゴに被せてワッペン付けるの？」

「そう。あとはパイピングテープで襟んとこの赤と、肩のところにも白いライン入れる」

「「へぇー……」」

美影と舞さんは感心したような声を上げる。俺はふと気になって「2人はアンソロジーの原稿どうですか」と訊いてみた。

「まだやってないわよ。だって4カ月以上でしょ？」

「内容だけでも考えておいた方がいいとは思ってるんだけどね……」

「は？　じゃあ、今やってるのは……？」

「これは趣味」

美影が厳めしい表情で答える。

「同人誌作るのも趣味じゃねえの？」

「同人誌は同人誌」

今度は舞さんが腕組みをして言った。2人は無言で顔を見合わせた後、テレビでよく見るお笑いコンビみたいに「へへへへへ」と笑い出す。

「いけるいける、夏終わってから始めれば余裕。神は7日で世界を創ったんだし」

「秀吉(ひでよし)だって3日で城を直しましたしね」

キリギリスみたいなこと言ってんなと思いながら、俺はテレビ横の収納棚(しゅうのうだな)を開けた。

「真ん中使っていい？」

断りを入れてから、2人の陣地を分断するようにテーブルの真ん中にアイロン台を置く。スイッチを入れて温度を調節し、一旦部屋に戻って先週買ったキャップを取ってきた。

「もうワッペン付けるの？」

「はい。俺は2人と違ってアリタイプっすから」

「何それ」

そう言ってペンを動かす舞さんのタブレットを覗き込むと、映が女子高校生と体育館倉庫に閉じ込められていた。「イギリスの寄宿学校にもこういう場所ってあるのかしら」と、描きながらぶつぶつ言っている。

美影の方はといえば、俺的にちょっと読むのが躊躇(ためら)われる系の内容であることは知っていたので、薄目でそっと窺った。「ユニフォーム」「生足」という単語が見えたところでアイロンに視線を戻した。

キャップのちょうど真ん中にワッペンを付けようと位置を見極めていると、「部活を思い出すわぁ」と舞さんが言った。

「私、高校生の時にサッカー部のマネージャーしてたの。練習がない日の放課後も、マネだけで集まってこうして部誌作ったり御守り縫ったりしてさ。今の感じと似てるなって、ちょっと思った」

「作ってるのはエロ小説と夢絵とコスプレ衣装ですけどね……」

美影が低い声で笑う。

キャップとユニフォームにそれぞれワッペンを付けた後、アイロンが冷めるのを待ってからテレビ横の棚へ戻しにいった。アイロン台が邪魔で足元が見えない。油断して1歩踏み出した瞬間、足の裏に何かが突き刺さった。

「痛ッテ!!!!」

身悶えしながら飛び退くと、足元からウィーンとかすかな作動音が聞こえた。

「あ、プロジェクター片してなかった。ごめん」

美影が申し訳なさそうに言う。

DVDが中に入ったままだったらしく、天井に燃の姿が浮かび上がった。1人で壁打ちラリーをしている。照明を付けたままなので、前に寝転んで見た時よりも色味が淡かった。場所も、状況も、映っている映像も、何もかもが違うのに、その瞬間、真っ暗な部屋でうっかりリモコンを踏みつけてしまった浪人生の時のことを思い出した。

あの時、俺は燃に釘付けになるのと同時に、自分は世界に独りぼっちなんじゃないかと思っていた。この気持ちを分け合ったり、理解し合ったりできる人は、どこにもいないんじゃないかと思っていた。

ぎょっとした舞さんに言われるまで、俺は自分が泣いていることに気づかなかった。

「直輝!?　な、泣いてる……」

「そんなに痛かったの!?」

横で美影がおろおろしている。

「お、おかしいな。すみません、すぐ止まるんで……」

アイロンとアイロン台で両手が塞がっていて、涙を拭うことができない。止めようと歯を食いしばると、口の端からしょっぱい味が舌に流れ込んだ。

何も付いていない手首を見て、なめ郎さんに買ってもらったリストバンドを思い出した。我を忘れて拳を振り上げ、馬鹿にするなと叫んだことを思い出した。両親の期待に応えたかったこと、孤独を知っていても兄とわかり合えないこと。漫画っぽい青春に憧れ、取り戻せないとわかっているのに、舞さんの「部活を思い出す」という言葉に心が躍ったこと。すべてが混ざり合い、熱を帯びて、ぼたぼたと大量の涙をこぼしていた。

「あぁ」

しゃがれた声が喉から漏れた。恥ずかしい、その気持ちを、恥ずかしくない、とすぐに打ち消す。いい加減泣き止もうと顔を上げると、燃と目が合った。真っ白な天井で、ギザギザの歯をむき出して笑っていた。

「ウオオオオ、やったぜ！」

彼は天高くラケットを突き上げて吠えた。試合でスマッシュが決まった時の、爽快感に満ち溢れた笑顔だった。燃が笑えば笑うほど、俺は泣いた。嬉しさとも、虚しさともつかない感情の洪水で、涙が止まらなかった。

三話 舞
ep : 03
Title : Mai

「誰だ、その男。あんた映一筋じゃなかったのか」

設楽先輩が教会の扉を開けた瞬間にヒデの声が降ってきたから、私は「邪魔しないで」とだけ言って音量を上げた。かすかな吐息も逃すまいと、告白のセリフに全力で耳を傾ける。ときメモGSシリーズのエンディングはいつだって幸せで寂しい。もちろん分けたセーブデータを使えば何度でもやり直せるけれど、次に遊ぶ時はまた関係がリセットされてしまうのかと思うと、本気で好きだったからこそ胸を締め付けられた。

「あぁー……終わっちゃった……」

セーブが完了してからソファの背に体を預け、眉間を揉んだ。目の乾きが思い出したように襲ってきたが、仕事のストレスは嘘みたいに消し飛んでいた。これだから乙女ゲームはやめられない。私がどんなにボロボロのヘトヘトでジョイコンを握ろうと、画面の中のイケメンたちは、やれ可愛いだの好きだの言って頬を赤らめてくれるから。

「余韻に浸るのは良いけど早めに寝ろよ。明日6時起きなんだから」

キッチンにいるヒデが言う。歳は彼の方が4つ下だけれど、その言い方があまりにも保護者じみていたから「はぁい」と私もつい子供の返事をしてしまった。スイッチを充電器に戻して階段を上る。バイトで疲れ切った美影ちゃんは既に眠り、直輝は大学の友達と飲みに行ってまだ帰ってこなかった。

明日はヒデの叔父さんの車を使い、井の頭公園へ4人でテニスをしに行く予定だった。

7月の終わり頃に美影ちゃんが提案してきたが、日に焼けるのが嫌で秋になるまで先延ばしにしてもらっていたのだ。シェアハウスの倉庫を探してみたらラケットとボールが出てきたので、前日までに必要な準備はコートを予約することだけだった。

　翌朝、なぜか一番遅寝だったはずの直輝に叩き起こされて、慌ただしく家を出た。考えてみれば、みんなで揃って出かけるのはこれが初めてかもしれない。免許を持っていないのは私だけで、じゃんけんの結果、行きは美影ちゃんが運転することになった。途中でファストフードのドライブスルーに寄って朝ごはんを調達し、食べながら三鷹を目指した。

　彼女は運転が上手だった。狭い道も交差点も慣れたもので、停止する時の圧迫感が一切ない。

「すごいねえ。教習所でたくさん練習したの？」

「いえ。実家の周辺だと駅もショッピングモールも全部微妙に遠いから、自然と鍛えられただけですよ」

　オレンジジュースのカップを渡しながら訊くと、照れ臭そうな反応が返ってくる。

「偉すぎ。俺なんか友達とドライブする時しか運転しないし、駐車できないもん」

　直輝がハッシュドポテトにかじりついて言った。

「それよりさ、どうして急にテニスしてみようと思ったんだよ？　二次創作で試合のシーンをガチ目に入れることって、あんまねえじゃん」

「待って直輝なんでそんなこと知ってるの」

「ちょっと見たから」

「私のを!?」

美影ちゃんが悲鳴を上げたので、ヒデがすかさず「前見ろ」と助手席から注意した。

「美影と舞さんのは勇気が出なくてまだ。ヒデさんのは全部読んだ。面白かったよ」

直輝が口をもぐもぐさせて答える。

「……読むのは構わないし嬉しいけど、大学とかバイト先でその話、してないでしょうね。じゃないとこの車が横転することになるよ」

ハンドルをしっかり両手で握ったまま、美影ちゃんは深く息をつく。

「してないって。そんな映画のマフィアみたいな脅し方しなくても大丈夫だぜ」

直輝は軽い調子で親指を立てた。

「……テニスをしようと思ったのは、今まで誘える友達がいなかったから。幼馴染は私と同じで運動それほど得意じゃないから、付き合わせるのはさすがに申し訳なくて」

「へぇ～」

私は目玉焼きが狭まったマフィンの包み紙を剥いた。ガサガサという音が車内に響く。

「……私たちって友達なの？」

指についたチーズを拭いながら、ふと気になって訊いてみた。

「違うんじゃない？」ヒデがぽつりと言った。

「仲が悪くなければ、関係の名前なんてどうでもいいと思う」

「……そうかな」

　確かに重要ではないかもしれないけれど、私たちの関係がなんなのか、はっきり認識することによって生まれる安心感というのはあると思う。前の彼氏と付き合い始める時もそうだった。……駄目だ！　そんなことは今関係ない。私はどうしても物事を恋愛基準で考えすぎる。

「もうすぐ着きまーす」

　美影ちゃんが朗（ほが）らかに言った。

　駐車場で車を降りた後、紅葉が綺麗（きれい）な弁天池（べんてんいけ）の周辺を、ハイキングついでに遠回りしてコートに向かった。風がうっすらと肌寒くて心地いい。長く張り出した枝から、一枚の葉が舞い落ちてくるくると回りながら水面に着地していた。

　コートは9時から11時まで予約していたが、1時間も経つと4人とも飽（あ）きてしまった。発案者の美影ちゃんは運動能力が残念で、ヒデはやる気がなく、直輝はなかなかいい球を返したが、ラケットを大振りしがちで派手なアウトが多かった。私は中学の時にテニス部だったのでそれなりに打てたが、手加減するのだって頭を使うからすぐに疲れてしまった。

　結局、ボールを持て余しながらお喋（しゃべ）りする流れになり、10時半には撤収（てっしゅう）することを管理人さんに告げてコートを後にした。朝ごはんを食べてからそれほど時間は経っていなかったけれど、香ばしい匂いにつられて買った、ボート乗り場近くの店のお団子がやけに美味しかった。

帰りはヒデが運転した。私は直輝にねだられたので、オタク御用達サイトの使い方を後部座席で伝授することになった。基本的な情報は自力で獲得したようなので、いよいよ応用編である。

「でさ、ここに０００って入力するとブクマ数が多い投稿を見れるけど、心のずっと奥の方に刺さってくるのに限って50以下だったりするから、結局は玉石混淆って感じで、地道に探すしかないのよね」

サイトを見せながら言った瞬間、ラインのバナーが画面上部に現れた。

「ちょっと失礼」

私はバナーをタップしてラインを開く。雪村くんから〈おはよう。今日は何する予定?〉とメッセージが届いていた。

「彼氏っすか?」

直輝に訊かれて「そう」と答える。雪村くんとは今年の6月にマッチングアプリを通して知り合い、付き合ってもうすぐ3カ月になる。新宿にある総合病院の小児科に勤めるお医者さんだ。忙しいので頻繁には会えないが、大切にしてくれていると感じる。今は夜勤明けかなと考えながら、〈今日は友達と一緒にヨガ教室♡〉と返信した。

「あ、嘘！　午後は俺らとちょテニの好きな場面プレゼン大会する予定じゃないっすか！　俺、この日のためにスライド資料の作り方すげえ勉強したんですからね」

直輝が横から画面を覗き込んで言った。

「オタバレしないよう頑張ってるんだから本当のことなんて書けませーん」

パワポの方は私も会社のプレゼン資料の5倍くらい気合を入れて作ったが、それとこれとは話が別だ。

「オタバレしないって……俺らのことも隠してるんすか？」

「シェアハウスしてることは言ってる。だけど全員女の人で、高校の同級生ってことにしてる」

「ふーん。年下なんですよね？　どんな人っすか？　写真見たい」

「えっ……えー」

「減るもんじゃないんだし。嫌ならいいっすけど」

正直言って、自慢したい気持ちはあった。自分が幸せだと誰かにそれを知ってもらいたくなるし、雪村くんの顔を見たら、3人ともびっくりするはずだから。今までは付き合ってから日が浅くて、すぐ別れたら恥ずかしいから見せびらかすのは控えていた。でも、そろそろいいんじゃないだろうか。

「……仕方ないわね」

いかにもしぶしぶ承諾した風に返事をして、写真フォルダの中から一番かっこよく映っている一枚を選び、直輝に画面を差し出す。

「ギャッ」

幽霊でも見たみたいな反応が返ってきた。

「どうしたの⁉」

助手席に座る美影ちゃんがびっくりして振り返る。

「ま、舞さんの、か、彼氏」

直輝は目を見開いて写真を指差した。私が美影ちゃんに画面を向けると、彼女もハッと息を呑む。

「『映にそっくりなんだけど‼‼』」

「え。僕も見たい」

ヒデが運転席から小声で言った。私が渡したスマホを、美影ちゃんは「失礼します」と金印みたいにこわごわ受け取る。赤信号で停まった時、ヒデは画面にちらりと目を向け
「おお、ほんとだ。三次元に引っ越してきたみたい」と、同じく驚きの声を上げた。

「夢と両立してる理由がわかりました……」

美影ちゃんが深々とお辞儀してスマホを返してくる。

「おっ。俺にもライン来た」

　今度は直輝が自分のポケットに手を伸ばした。

「誰から？」

「親父っす。家族のグループラインで、この間の姉さんの結婚式の写真」

「見てもいい？」

「いっすよ。って言っても、俺の家族はどのキャラにも似てないけど」

　ほら、と見せられた画面の中では、新郎新婦を中心に、両家の親族が勢揃いしていた。直輝のお姉さんはすっきりしたマーメイドラインのウエディングドレスを着て、幸せそうに微笑んでいる。

「いいなぁ……」

　思わず本音が漏れた。恋人と家族になるのって、いったいどんな気分なんだろう。

　私だって30歳までぼーっと生きてきたわけじゃないから、誰もが100パーセント愛し合って結ばれるんじゃないってことくらいわかっている。だけどどうしても憧れてしまうのだ。幼稚園に通っていた頃から将来の夢は「綺麗な花嫁さん」だったし（当時は忍たまの土井先生にお熱だった）、なんなら願望は今の方が強い。もちろん年を取るにつれ、孤独死が嫌だとか、親孝行をしたいとか、周りの目が気になるとか色々な理由が加わったわけだけれど、それでも一言でまとめれば、私は結婚がしたいのだった。

「……あの。いっすか」

直輝のおびえた声で我に返った。いつの間にか、スマホをがっちり握りしめていたらしい。「ごめんごめん」自分の力に呆れながら手を離した。端末の温度を受けて、指の腹がかすかに熱くなっていた。

今時、結婚にこだわる方がおかしいのだと思う。周りの目が気になると言ったって、そんなの気になるような目で見てくる方が間違っているのだし、現に今、私は自分の生活に満足している。億万長者ではないけれど推しの特別な日にホールケーキを買うことはできるし、仕事は大変だけれど帰ったらバカ騒ぎできる愉快な同居人たちがいる。欠けたることもなしと思へば、だ。けれどももし結婚したとして、今以上に幸せになれる可能性があるのなら、私はそれに手を伸ばさずにはいられなかった。昔から、幸せになることに対しては人一倍貪欲なのだ。

ヒデにルームシェアを持ちかけられた時もそうだった。結婚に憧れる30歳の女がシェアハウスに住み始めるのがどんなに愚かなことか、頭では理解していた。けれど一晩中ちょテニについて語ったり、細かいネタに突っ込んでくれたりする人と出会えるかもと思うと、心に羽が生えたみたいになって、居ても立ってもいられなくなってしまったのだった。オタ活も結婚も諦めるつもりはない。いつか過去を振り返り、後悔で泣くことになるかもしれない。その時、でも楽しかったしなと納得したいから、私はお金も時間も全力で贅沢に使うのだ。

雪村くんからは〈充実してるね。楽しんできて〉と返信がきた。来週は一緒に過ごしたいと伝えたところ、私が前に気になると言った代官山のカフェへ一緒に行ってくれることになった。

「ニヤついてますよ」

美影ちゃんからバックミラー越しに言われた。

「嬉しいんだもん」

昨晩のヒデに早く寝ろと言われた時みたいに、また子供じみた声で返してしまう。３人といると時々、この中では私が一番精神的に幼いと感じることがある。そんな自分をイタいと思うし、許してほしいとも思う。普段スべったり酔い潰れたりしてしまっている分、年上っぽく振る舞えなくても、常に上機嫌でいようと心がけている節もある。自分の機嫌で態度を変える人ほど、厄介なものはないって知っているから（ちなみにこれは、大学時代の元彼の悪口でもある）。

帰宅してからラケットを片付け、各々着替えてから満を持してプレゼン大会が始まった。ルールは簡単。５分でちょテニへの愛を語り、最も面白い人を決める。観客１人あたり10点満点で、合計30点満点だ。優勝者にはお金を出し合って買った特大抱き枕が贈られる。両面にプリントされたパジャマ姿の燃と映はこのグッズ限定の描き下ろしで、喉から手が出るほど欲しかったが、来客時に隠しようがないのと、値段が値段なだけに勇気が出ず、4人とも自分用には購入していなかったのだった。

ＴＥＤ風の美影ちゃんの発表も、あからさまにサブリミナル効果を狙ったヒデの発表も面白かった。しかし、勉強したという発言に反して、直輝のパワポ資料はひどく質素だった。凝った構成でもなければ、アニメーションも、テンプレートのデザインすら使っていない。

「……だから俺は……76話のこのセリフが好きで……えっと」

勝てないことを確信したのか、直輝は終始いじけた顔で喋り、資料の最後まで辿り着かないまま、持ち時間の終了を知らせるタイマーが鳴った。

「……もういい」

そう吐き捨てると、直輝は突然、着ていたTシャツを捲り上げた。

裏地に燃の顔がお面みたいに貼り付いているのを見て、ヒデがヒッと息を呑んだ。一瞬の沈黙の後、周囲の空気を全部吸引しそうな勢いで笑い始める。美影ちゃんを見ると、噴き出した麦茶で服の前がびしょびしょになっていた。耐え切れなくなって、私も笑ってしまう。

「ええ、何よそれ！　全部このためのテンションだったたってこと？」

「はい。だって俺、普通に勝負しても勝てないから」

「完全に騙された。いいからシャツを下ろせよ」

ヒデが言うと燃のお面はまた内側に収納され、いつも通りニコニコ顔の直輝が現れた。

「スベらなくてよかったっす」

投票の結果、見事抱き枕を獲得した直輝は「やっぱ、ちょっとズルかったかな」と言いつつも、嬉しそうにそれを部屋へ運んでいった。

「ああ、楽しい」

私はソファに倒れ込んで呟く。こうしてバカなことを4人で必死になってやるたび、ここに住むことにして本当に良かったと思う。こんな時間が永遠に続けばいいのに。叶わぬ願いだと理解はしている。立場も年齢も性格も性別もバラバラの私たちが同じ温度で笑えているのは、本当に奇跡的なことなのだ。

いつか状況が変わって、1人ずつここを出ていくことになる。その事実を、笑いの波が収まった拍子にふと思い出す。4人の中で私がきっと、自分がここを去る日のことを最も熱心に考えている。一番年上なせいだろうか？　精神的にはろくに成長していないくせに、出会いと別れだけは人一倍経験しているせいだろうか。結婚というシェアハウスと両立できない夢を持っているせいだろうか？「同居人」ではなくなった時、なんという名前で私たちの関係を繋ぎ留めればいいのか、わからないままだとたまらなく不安になるのだ。

「舞さん、寝るなら部屋に行ってくださいい。こんなところだと風邪ひきますよ」

美影ちゃんに言われて、私はソファから起き上がる。

「……またやろうね、楽しいこと」

思わずしんみりしてそう言うと、彼女は驚いたような顔をしてから「はい」と頷いてくれた。私たちの関係にしっくりくる名前が見つからなくても、今はとりあえず、この肯定だけでいい。そう思いながら、部屋へと続く階段を上った。


新卒で入った会社に勤めて、今年で8年になった。祖母の影響で英語はもともと日本語と同じくらい話せたので、就活はそれだけを武器に乗り切ったと言っても過言ではない。始めに配属されたのは宿泊部の予約課で、新宿にあるホテルの現場でフロントオフィス業務をしながらアシスタントマネージャーの仕事をこなした。3年前に営業推進部に異動になってからは、広報課で宣伝活動の一端を任されている。

任されているといってもイギリスにある親会社の権限が強く、向こうから送られてくる英語の指示に従うばかりで、自分で何かを発案できたことはほとんどない。去年なんか、ホテル名を書いた飛行船を飛ばせと言われた。今時みんなスマホに夢中で、空なんて日食の時にしか見上げないのに！　宣伝効果は見込めないとメールで何度も反論した（途中から相手の上司もｃｃに入れてやった）のだが、最終的には押し切られて実行することになってしまった。

案の定、効果は絶望的で、宿泊客に取ったアンケートの結果は〈あなたは当社の飛行船を見たことがありますか？〉に対し、「はい」がたったの2％だった。当たり前だ。私の労力を返してほしい。なのに年末、忙しい時に管理部の偉い人に呼ばれて、このままだとヤベェ的なことを言われた。知らないよ！　私は指示に従っただけだし……。

偉い人になんやかんや言われている間じゅう、頭の中では数日前に発表されたときメモGSシリーズのＳｗｉｔｃｈ移植のことをずっと考えていた。ＰＳＰで攻略に勤しんでいた当時、私は高校生のなけなしのアルバイト代を使って、公式から発売されていたピンクゴールドのアンクレットを買ったのだった。ゲーム内での3年目の誕生日に、好感度が1番高いと設楽先輩がくれるプレゼント。すごくリアルに再現されていた。嬉しくて毎日つけていたら、現実の彼氏に「なんだよそれ」と言われ「設楽先輩にもらった」と答えたら、浮気と勘違いされて引きちぎって捨てられた。わけを説明したら逆ギレされたので、私はその場で彼氏を振った。オタクを隠して生きていこうと決めたのはその時だ。実物のアンクレットは高校のそばのドブ川に沈んでしまったけれど、画面の中のそれはいつまでも夢みたいにキラキラと輝いていた。

「……まあ、自分で改善点がわかっているならいい」

管理部の偉い人は感傷に浸る私を見て勘違いしたのか、気遣わしげにそう言って解放してくれた。

昼休みにスマホを見たら、雪村くんから週末に関するラインが来ていた。カフェのそばの公園で蚤の市が開催されるそうなので、お茶をした後に覗いてみてはどうかという。うさぎが大喜びしているスタンプを返しながら、可愛いなと思って、つい笑いがこみ上げた。

これは大真面目だが、乙女ゲームで培われためげない心も、現実の彼氏たちを相手に経験した別れも、すべては雪村くんに出会うための布石だったのだと思う。マッチングアプリに登録したはいいものの、見知らぬ男たちから送られてくる怒濤のいいねに辟易していたことを思い出す。あの時、やっぱりアプリなんてやめとておけばよかったと後悔しながら検索ページを開いたら、雪村くんの写真が現れて一瞬でハートを撃ち抜かれたのだった。あまりの動揺に部屋の中を歩き回りながら初めて自分からいいねを送った。翌朝、目を覚ますと同時にベッドの中でアプリを開いて、マッチングが成立していることを確認した時の喜びは忘れられない。この顔に生まれてよかったと、今までの人生で一番強く神様に感謝した。

あまりに映とそっくりなので、実際に会うまでは詐欺じゃないかとかなり疑心暗鬼になっていた。けれど当日、駅に現れたのは期待を裏切らない好青年で、絶対に逃さんぞとバッファロー並みになった自分の鼻息を抑えるのが大変だった。

「雪村くんみたいなかっこいい人がアプリやってるなんて信じられない」

クラフトビールが売りのお洒落なお店で食事をしたその日、別れ際にそう伝えたら、彼ははにかんだように笑った後「僕も舞ちゃんに同じこと思ってるよ」と嬉しいことを言ってくれた。

自分が冷静さを失っているのはわかるが、今すぐにでも雪村くんと結婚したい。彼以上の人にはもう一生出会えない気がする。心の中には「既成事実を作っちゃえば？」と囁く私も、そんな私をドン引きした目で見つめる私もいる。けれどどちらの私も、婚礼予約課のオフィスに貼られた披露宴のポスターの前では、うっとりと夢見心地になるのだった。

「野々原さん、ニヤけてるよ」

向かいのデスクの先輩に言われてハッとした。「すみません」手に持ったままだったサンドイッチを口に放り込む。

「彼氏？　もう結構経つよね。２年くらい？」

「え？」

思いがけない質問だったので、返事が遅れてしまう。少し考えてから「ああ、そうですね。それくらい」と答えた。

広報課に来てからというもの、男性社員にちょっかいをかけられることが多く、うんざりしてある日「そういうの困ります！　それに私、彼氏いるし！」と言ってしまったのだった。もちろん当時は雪村くんとはまだ出会っておらず、前の彼氏とも別れていたので正真正銘の嘘だった。しかし効果てきめんだったので味をしめ、そのままずっと続いているふりをしてきたのだった。

「どんな人？」

先輩や同期に尋ねられるたび、職業や名前は適当にぼかして「年下で、かっこよくて、忙しいからあまり会えない人」と答えてきた。つまり年齢操作して二次創作する時の映の設定を、そのまま架空の恋人のプロフィールにしていた。今まで膨大な時間を妄想に割いてきたので、ボロを出してしまったことは一度もない。自分が投稿した絵のシチュエーションを、そのままデートの内容として話したこともあった。

我ながら本当に気持ち悪いし、バレた時のことを考えると恐ろしい。占ツクで作者が乱入してくるタイプの夢小説よりたちが悪い。だけど絶妙なスリルが楽しくてやめられなかった。この前、美影ちゃんにだけこっそり打ち明けたら「ナイフ舐めて喜んでるバケモンみたいですね」と言われた。変なもののたとえをされて喜ぶのは痛々しいのでやめたかったが、真面目にそういう喩えをしてくる時点で、バケモンなのはお互い様だと思った。

雪村くんと出会って、「年下で、かっこよくて、忙しいからあまり会えない」恋人が現実になった。だからと言って、実は今まで嘘だったんですとネタばらしするわけにはいかず、イマジナリー彼氏と別れたことにする気も起きず、今はひとまず、付き合った期間以外は本当のことを話す形で落ち着いている。

　退勤後、電車でツイッターを見ていたら、昨晩投稿した絵にリプが付いた。普段はいいねを押してくるだけのフォロワーだったが〈ほくろ消えてますよ〉と書かれていた。慌てて絵をタップし、拡大する。確かに、映の顎の左側にあるはずのほくろを描き忘れていた。彼の女としてあるまじきミスだったので、つり革を握り締めたまま、ショックでのけぞりそうになる。〈ウワーほんとだ!!!! すみません修正します!!!! ご指摘ありがとうございます（あいぱよ片手に悶絶するオタクの絵文字）〉と書いて送信し、絵の投稿を削除した。帰ってから爆速で描き足したが、当然ながら再投稿してもあまり伸びなかった。

　週末、駅で雪村くんと待ち合わせをした。約束の時間ちょうどに現れた彼は青のストライプが入った小綺麗なシャツを着ていて、こっちへ歩み寄ってくるまでの間に、早くも私は打ち付ける心臓の鼓動で胸が苦しくなった。

「解釈一致すぎる……」

「うん？　何」

「なんでもない」

　怪訝そうに訊かれ、慌てて首を横に振る。スマホの地図アプリを交互に覗き込みながら、カフェまでの道を歩いた。秋風がワンピースの裾を膨らませるから、足を踏み出すのが一歩ごとに楽しかった。

　夢要素たっぷりな二次創作が大好きだし、乙女ゲームも失ったら生きていけないけれど、やっぱり三次元じゃなきゃ感じられない幸せというのがあると思う。手を繋いで歩く時の腕の揺れとか、抱きしめ合った時に私の胸が作る2人の間の小さな空洞とか。不都合な部分も愛せる余地みたいなものが現実にはある。

　隣にいる雪村くんを見上げた。

「どうした？」

　さっきと同じ優しい声で訊かれた。その顎の左側に、映みたいなほくろはない。この人と彼は別人なのだと、今一度強く自分に言い聞かせた。

　いくら最推しに似ているからと言って、私が雪村くんに映を重ねるのは失礼だ。雪村くんには雪村くんだけの人生があって、それは誰の何にも代えられない、唯一無二のものだから。私は彼の前でちょテニの「ちょ」の字さえ口にしたことがない。一度だけ、一緒に入ったハンバーグ屋さんにちょテミュ3代目の映を演じた俳優さんの色紙が飾られていたことがあったけれど、その時だって過呼吸になりかけながら写真を我慢した（ちなみに後日インスタを確認したところ、俳優さんはそのお店をプライベートで訪れていたことが判明した。プライベートでハンバーグって！　字面だけで可愛い）。

　とにかく、私が付き合っているのは映ではなく雪村くんなのだから、しっかり線引きをしなくてはいけない。けれど彼らを見ていると、時々次元の境目が曖昧になり、先週のほくろの描き忘れのようなミスを犯してしまうのだった。

徒歩5分ほどでカフェに着き、待つことなくソファ席に案内してもらうことができた。私は名物のムースショコラとコーヒー、雪村くんはアップルパイと紅茶を頼む。彼は果物に目がない。前に一度、美影ちゃんの幼馴染のおうちが作っているという季節外れのイチゴをおすそ分けしたら、目を輝かせて喜んでくれた。

「そういえば、もうすぐ3カ月だね。記念にどこか行きたいところはある？」

飲み物とスイーツが運ばれてきてしばらくした頃、アップルパイに添えられたバニラアイスにフォークを沈めて雪村くんは言った。

「とはいっても、あまり遠くは連れていけないけど……」

申し訳なさそうに微笑んだ顔が、天井の照明のせいかなんだか疲れて見えた。今日はもともとデートする予定じゃなかったはずなのに、私が一緒に過ごしたいとわがままを言ったから会ってくれたのだと思い出す。昨日の夜遅くまで仕事だったろうに、無理をさせてしまっただろうか。

「いつも私に合わせてくれるのは嬉しいけど、たまには雪村くんの行きたいところにしようよ。無理に出かけなくてもいいし……」

あなたのうちでゆっくりしても、という言葉を寸前で呑み込む。

私は雪村くんの家に行ったことがなかった。「掃除する時間がなくて、散らかっていて恥ずかしいから」と彼は言う。私が全然片付けますが、と思うけれど、先走って嫌われたくないから言えなかった。それに「じゃあ舞ちゃんの家にも行かせて」と言われたら困る。一緒に住んでいるのが高校の同級生じゃないのは、正直に話せば許してくれるかもしれない。だけどイーサンカレッジ・テニスクラブのメンバー全員のタペストリーが壁に飾られている部屋は、さすがに見せるわけにはいかない。

「じゃあ、どこか自然を感じられるところがいいな」

私の考えていることなどつゆ知らず、雪村くんは穏やかな声で言った。

「神奈川にある森林公園か……果物狩りでもいいな。そうだ、この前テレビで年中イチゴ狩りができる農園の特集を見たんだ」

「またイチゴ狩り？　春にも行ったじゃない。本当に好きだねぇ」

知り合って間もない頃の思い出が蘇り、そんなに楽しかったのかと愛しくなって笑ってしまう。雪村くんは一瞬きょとんとした後「うん、そうだね」と小さく頷いた。

カフェを出た後、蚤の市が開かれている公園へ向かった。お喋りをしているうちにすっかり日が暮れてしまったが、会場は頭上にいくつもランタンが灯されていて明るかった。外国の小さな町のお祭りみたいな雰囲気がある。アンティークのケーキスタンドや、大理石でできた卵のオブジェ、イミテーションの宝石の指輪、弦がなくなったクラッシックギター、つやつやした革のトランク、傷だらけのレコードプレーヤー。クロスを敷いたテーブルの上に、古めかしい品物がところ狭しと並べられていた。主にヨーロッパから輸入したもののようで、中には個人に宛てられた手紙をかご編みのバスケットに入れて売っている店もあった。

「ねえ、これ見て。可愛い」

蓋がガラスになったアクセサリーケースの中に飾られていたブローチを指差して、私は雪村くんを呼んだ。銀製で、小さなバレリーナの形をしていた。

「ほんとだ」

彼はちらりと目を向けて呟き「舞ちゃんらしくていいと思うよ。買おうか」と流れるように財布を取り出した。別にそんなつもりで言ったのではなかったのだが、断ったらこの場を盛り下げてしまう気がして「いいの!?」と喜んでみせる。お店の人がケースから取り出し、雪村くんが手渡してくれたそれは、金属特有の重みと冷たさでしっとりと手のひらに納まった。

帰宅後、クローゼットを開けて、冬物のコートの襟に買ってもらったブローチを付けた。控えめな艶のある質感が、落ち着いた黒によく似合っている。満足して扉を閉めようとした時、せっかくだからこのまま服の整理をしてしまおうと思いついた。

「美影ちゃーん、ちょっと来て」

「はーい」

隣の部屋に向かって言うと、返事がしてすぐにドアが開いた。

「これ、私はもう着ないんだけど、もし欲しいものがあったらもらって。お古で申し訳ないけど、質の悪いものじゃないから」

　私がベッドの上に広げた洋服たちを示すと、彼女は「いいんですか」と目を見開いた。クロシェ編みのショート丈のカーディガンを「これ可愛いですね」とさっそく鏡の前で体に当てる。

「コスメのサンプルももらってくれない？」

　今までは家事かオタ活しか一緒にしてこなかったので、普通の友達みたいなやり取りができて楽しい。美影ちゃんは首を傾(かし)げると「それならもっと喜ぶ人がいますよ」と言って部屋を出ていき、直輝を連れて戻ってきた。

「舞さんからいいものがもらえると聞いて」

「好きなだけ取って、ここから」

　デパコスのおまけをまとめて入れたポーチを渡すと、直輝はファスナーを開き「まじか！　いいやつばっかりじゃん」と歓声を上げた。

「え、いいんすか!?　後で取り立てたりしない？」

「しないわよ。無理に喜んだりする必要ないから、本当に欲しいのだけもらって。押し付けはしたくない」

「いやいや、ガチで嬉しいですって……」

　直輝を見ていると、この子は年上に可愛がられるタイプなんだろうなと思う。「先輩に奢ってもらっちゃった」としょっちゅう上機嫌で帰ってくるし、どこで知り合ったのか、こてこての関西弁の男の人と電話で楽しげに話していることもある。もしかしたら、その性格になるまでに私の知りえないところで苦労したのかもしれない。けれどやっぱり、コミュニケーションで人に好かれるのは一種の才能だと思うのだ。

「今日のデート、どうでしたか？」

　広げたポロシャツを畳みながら美影ちゃんが訊いた。

「きちんと元に戻そうとしなくていいよ」

　彼女の几帳面な手つきに向かって言いながら、私はコートの襟のバレリーナを撫でる。

「楽しかったよ。あっちはちょっと疲れてたみたいだったけど……早めに解散したしね」

「そうですか」

　美影ちゃんは微笑んだ。それからポロシャツの襟のあたりを少し眺め「やっぱり、これもらっていいですか？」と、気を取り直すように口にした。

　直輝みたいなフレンドリーさはないけれど、彼女の優しさも、簡単には真似できないものだと思う。決して出しゃばらず、影のように振る舞っているのに、気を回すのは一番早い。会社の人たちについている嘘だって、本当は美影ちゃんにも打ち明けるつもりじゃなかった。彼女は、自分がみんなにとって替えがきかない存在になっていることに、気づいているだろうか？

一回りも年下の子たちと同じ屋根の下で暮らしていると、自分の精神的な幼さに気づくと同時に、やっぱり大人になってしまった部分もあるのだと感じる。働き始めると、たいていの人は少しずつ卑屈になっていく。この子たちにはそういう風になってほしくないと思う。私がそんなことを考えたところでどうにもならない、と例に漏れず卑屈に考える自分もいる。

「そういえばさあ。舞さん、一回すげえバズってたんすね」

化粧水の成分表を読みながら、直輝がふと思い出したように言った。

「今年の春くらいのやつ。なめ郎さんに言われてツイッターのアカウント作ったから、3人の今までの投稿ちょいちょい見てるんすよ」

「私も見た。映がイチゴ狩り行って自撮りしてる絵だよね。可愛かった～」

美影ちゃんが頬を緩める。その瞬間、前世の記憶が戻ったみたいに頭の中を稲妻が走って、私は「あ」と叫び声を上げた。

「ちょ……ちょっと待って」

まだ着るかどうか吟味していたブラウスを放り出し、充電中のタブレットに駆け寄る。

写真アプリから、今までに描いたちょテニのファンアートのフォルダを開いた。

思い出した。今年の4月頃、まだシェアハウスでの生活は始まってないし雪村くんとも出会う前、季節感のある投稿をしたいと思って、映が猫みたいな形のイチゴを片手に自撮りしている絵を描いたのだった。夢要素がなかったからか予想以上に反応が伸びて、確か2万いいねを越えた。それがきっかけでフォロワーも100人くらい増えたのだった。

ものすごく嫌な予感がして、今度はスマホを手に取り、同じく写真のアプリの中から雪村くんと言ったはずのイチゴ狩りの写真を探した。けれどいくら探しても、そんなものはどこにもなかった。「春にも行ったじゃない」という私の言葉に、きょとんとしていた彼の顔が蘇る。

「…………バカすぎる……」

急激なめまいに襲われ、私はスマホを握り締めたままベッドに倒れ込む。

「何何、どうしたんすか？」

直輝の声が降ってきた。すぐには答える気力が湧かず、目を瞑って考える。瞼の裏の暗い空間を、ぼんやりと光る線がうねうねと横切っていった。

「……大丈夫ですか？」

おずおずと尋ねてきた美影ちゃんの腕を、ほとんど反射的に摑んだ。ヒッと息を呑んで、本気でびっくりした顔をされる。

「どうしよう……私、やらかした」

「聞きますから、一回離してください」

言われた通りにすると、美影ちゃんはそろそろと距離を取ってドレッサーの椅子に腰を下ろした。

「俺、出てった方がいいすか？」

化粧品のサンプルを持ったまま、直輝が軽い調子で尋ねる。

「いい、聞いて。笑い飛ばしてくれた方がマシだわ」

私はベッドから体を起こした。

自分で描いた夢絵のシチュエーションを雪村くんとのデートの思い出と勘違いして本人の前で持ちだしたことを、順序だてて2人に説明した。雪村くんがどれほど映に似ているかはこの前写真を見せたばかりなので、真偽を疑われることはなかった。ただ、美影ちゃんも直輝も絶句していた。いくらなんでも鈍臭すぎだろと、2人の顔に書かれている。だけどつまりさ、私が描く絵には自分でも騙されるくらいリアリティがあるってことでしょ！　そう付け足したい気持ちもなくはなかったが、何を言っても弁解にならないのはわかっていたのでやめておいた。

「……それで、彼氏さんはなんて言ってきたんですか？」

一部始終を話し終えると、目を見開いたままの美影ちゃんに訊かれた。

「『うん……そうだね』って。きょとんとしてたけど」

あの時、雪村くんは驚いた様子だったが、行ってないいんじゃない？　とは言わなかったし、その後も特に突っ込んでくることはなかった。

「じゃあきっと、そんなに気にされてないと思いますよ。舞さん天然なところあるから。今までも気づいてないだけで、彼氏さんに合わせてもらってたところあるんじゃないですか？」

「なんだよ、慰めるみたいな感じで結構言うじゃん」

直輝が隣で笑い声を上げる。

「だったら直輝はどう思うの。言ってよ」

私は食い気味に詰め寄った。どんなに些細なことでもいいから、客観的な意見を聞いておきたかった。

「えー……怒られそうだから言うの怖いっす」

「いいから」

「……俺が思ったのは、舞さんの彼氏は浮気してて、同じデートプランを使い回──」

「バカ!!　雪村くんはそんなことしないってば!!　こちとら恋愛絡みのことはひと通り経験してきたせいで、人を見る目はそこそこ培われてるんだからね!!」

「ほら、やっぱり怒るじゃん……」

直輝は納得いかない表情で肩をすくめた。

「てか、こんなことになるんだったら、オタク隠して付き合うの無理なんじゃないっすか？　向こうに気づかれる前に、早いとこカミングアウトしちゃえばいいじゃん。案外一緒に楽しんでくれるかもよ？」

「でもそれだと、私が映を好きだから付き合ったみたいで雪村くんに悪いでしょ」

「じゃあ、最初に言えばよかったんですよ。もう手遅れだけど」

「どうやって？　会ったその日に自己紹介で『好きな言葉はＷＥＢ再録です』とか言えばよかったの？」

「それは極端すぎる」

美影ちゃんが横から口を挟んで笑った。

「うるさい。もう夜の10時過ぎだぞ」

階段を上がってくる足音がして、ヒデが顔を覗かせた。「フリーマーケットでも開くつもりか」と、部屋中に散らかった服を見てしかめっ面をする。

「舞さんがデートでやらかしたんすよ」

直輝がチクり屋の小学生みたいに言った。

「また乙女ゲー？」

「現実の話だわ」

ゲームのことしか頭にないと思ったら大間違いだ。二次元と三次元の恋愛がまったくの別物であることくらい心得ている。

ヒデは心底興味なさげな溜め息をつくと「どうでもいい」と呟(つぶや)いて一階に戻ろうとした。

「待って待って待って」

服の裾(すそ)を摑んで引き留める。

「何？」

ぶっきらぼうな声が返ってきた。

「お願い、話を聞いてアドバイスちょうだい。このままだと振られて一生独身になっちゃう」

「僕に訊くのが間違ってる」

「藁(わら)にも縋(すが)りたい状況なんです……」

「人を藁呼ばわりするな」

ヒデはいっそう不機嫌になったようだが、腕組みをして「で？」と続きを促した。

「そんなことで慌ててたのか。大げさだろ」

私が説明を終えると、彼は眉間(みけん)に皺(しわ)を寄せて言った。

「勘違いなんて珍しくもなんともないし、もし気になるなら、友達と行った記憶と勘違いしてたって、次に会う時に言えばいいだけだろ。それくらいで振られないよ。向こうが疲れてる様子だったなら、あんたのトンチキな記憶違いに突っ込む気も起きなかったんじゃないのか」

当たり前だろと言いたげな顔で断言されたら、だんだんそんな気がしてきた。雪村くんはどちらかと言えば忘れっぽい方で、根に持つタイプでは全然ない。次のデートで私がイチゴ狩りのことを持ちだしても「なんのこと?」と笑って許してくれるだろう。

「ってか、どうしてそこまで結婚したいんすか?」

それまで美影ちゃんに「似合うよ！　マジだって！」とワンピースを勧めまくっていた直輝が、突然振り返って尋ねた。

「舞さん、保育園のお散歩とか見ても可愛い～みたいなこと言わずにド真顔で素通りするくせに、結婚のことは3秒に1回くらい言うじゃないっすか」

美影ちゃんとヒデが微妙な顔をする。直輝は場をわきまえることはできるが、質問の内容に関しては割と遠慮を知らない。そのことはもう、私たちの共通認識だった。

「私の家、両親が離婚してるのね」

別に隠すことでもないし、正直に答えることにする。

「だから一人でも生きていけるようになれって。ママに言われて育ったけど。親に言われたことって、真逆になって影響しがちでしょ。だから今でも憧れが継続してるってわけ。子供は特に好きじゃないけど、別に嫌いでもない」

「なるほどね。真逆に行きたくなるのは俺もちょっとわかるわ」

直輝は納得した顔で頷いた。

「もう行っていい？」

ヒデが面倒くさそうに言う。

「いいよ、ご助言いただきありがとうございました」

私は服の裾から手を離して彼を解放した。

「俺も自分の部屋に戻るわ。これだけもらいます。あざっした」

直輝がずいぶん中身の軽くなったポーチを返してくる。

「大事に着ますね」美影ちゃんも椅子から立ち上がった。

「私たちに何かお礼にできることってありますか？」

「ううん、そんなの。もらってくれて助かったし……」別に大丈夫、と言い終える直前でひらめいた。

「そうだ！　お金出すからちょテミュの爆学vsイーカレ編、一緒に行って！　愛知まで遠征してもらうのは申し訳ないしそっちは私が1人で申し込むから、東京公演だけ！　落ちまくってる私じゃなくて、他の人のアカウントの方が当選しやすい気がするし」

「お安い御用です」

美影ちゃんは嬉しそうに部屋着のポケットからスマホを取り出す。直輝は「付き合いたいけど俺、この期間ゼミの合宿とドン被りすよ」と申し訳なさそうに言ってきたので、また今度でいいよと言って部屋に帰した。

美影ちゃんが申し込みを済ませて出ていった後、私はパソコンを立ち上げてピクシブを開いた、画面にでかでかと表示された自分の投稿作品を眺める。

絵を描くことが、昔からすごく得意だったわけではない、小学生の時、休み時間になるたびに「次はこのキャラ描いて！」とねだられていたのは私じゃないクラスメイトだったし、中高も芸術科目は美術じゃなく音楽を選んだ。それでも、

自分の考えたシチュエーションをこの目で見たくて、供給がないなら作ればいいじゃない、とオタク・アントワネット的な考えで猪突猛進してきた。その結果が今みたいな架空と現実の混同なら、やっぱり恋愛とオタ活を両立させるなんて無理があるのだろうか。いや、諦める理由なんてどこにもないはずだ。自分の幸せを妥協することほどバカなことがあるものか。

お肌のためにさっさとお風呂に入って眠るつもりが、気づけば女体化した映たちが魔法学校に通っているパロディのログを夢中になって見ていた。ここまで来たら、もはや原形をとどめていないとかのレベルではない。それでも脳はちょテニの成分を認識して、なんかいい感じの神経伝達物質をドバドバ分泌しているから不思議だ。もしこれが味覚に置き代わったなら、私はもう寿司だと言われてフィッシュアンドチップス食べさせられても気づかないだろう。そう考えるとなんだかおかしな気分になって、ブクマしてからパソコンをシャットダウンした。

それからほどなく繁忙期に入り、今度は私が忙しくて雪村くんに会えない生活が続いた。残業続きの毎日の中で、1週間に1度、ちょテニのアニメだけが心の支えだったのに、それももうすぐ終わってしまう。とはいえ、4期も相変わらず最高だった。私は高校スポーツ漫画の期末テスト回からしか得られない栄養を吸って生きているので、そこをカットせずしっかり尺を取ってくれたのが特に嬉しかった。

〈お疲れ様。もしよかったらだけど、これから軽く飲みに行かない？　とは言っても、もう遅いし僕が行きたいだけだから無理はしないで〉

激務の日々にもようやく一区切りついたある日、帰ろうにも気が抜けてデスクチェアから立ち上がれずにいたら、雪村くんからラインが来て飛び上がった。〈行く！〉と、うさぎがサンバを踊っているスタンプを添えてすぐに返信する。新宿にあるバーで待ち合わせることになった。

送られてきたリンクの地図を頼りに駅から歩き、お店のドアを開けた。広々とした薄暗い店内に、濃い飴色をした木でできた、長いカウンターといくつかの丸テーブルがあった。幸い私は視力がとてもいいので、彼の姿はすぐに見つけることができた。どうしてだか、今日はかっちりしたスーツに身を包んでいる。休日にデートする時はラフな服装が多かったので、ギャップとあまりのかっこよさに眩暈がした。

「ごめんね待たせて」

もっとしっかり化粧直しをすればよかったと悔やみながら歩み寄る。「ううん」と、雪村くんは軽く首を振って私のために椅子を引いてくれた。

「仕事、どう？」

「広告の打ち出し作業が今日でだいたい終わったから、明日からはやっといつも通り。雪村くんは？」

「僕はまあ、普段と同じ」

彼はうっすらと隈が浮いた目で微笑んだ。

「そういえば、前に会った時に私、変なこと言ったよね。あなたと前にイチゴ狩りに行ったって。あれね、友達と行ったのと勘違いしてたみたい。ごめんね」

なるべく軽い調子を装って切り出すと、雪村くんは「そうだっけ？」と目を丸くした。

「全然覚えてなかった。そんなこと気にしてたの？」

そう言って、おかしそうに笑う。私はようやく心のつかえが取れて「うん、それに焦っちゃったし」と、馬鹿らしくなって一緒に笑った。

バーテンダーが注文を取りに来てくれたので、雪村くんが先に飲んでいたのと同じ、ジントニックをオーダーした。正面にいる彼をずっと見つめるのも照れるので、時折、後方にあるカウンターに視線を移す。

　ジントニックはすぐに運ばれてきた。バーテンダーに会釈して、私はグラスに手を伸ばす。側面の冷たさに指の腹が吸い付くようだった。口を付けて傾けると、カラン、と氷が軽い音を立てた。ライムの澄んだ苦味と甘味が喉を通り抜けていく。炭酸で舌が痺れ、目の奥でちかちかと火花が散った。

「生き返った？」

　心の中を読んだみたいに言われ「うん」と頷く。「そうか」雪村くんは満足げに目を細めた。

「スーツ着てるの、珍しいね。今日何かあったの？」

　訊いた直後に、まずかったかもと思った。彼が困ったように目を伏せたからだ。

　笑ったり喋ったりせず、顔の筋肉を動かさない状態になると、雪村くんはますます映に似ている。しゅっとした輪郭に切れ長の目、薄い唇、細い鼻筋のあっさりした顔立ち。

息を詰めて見守っていると、彼は突然目を開き、私の手を取った。グラスについた水滴でかすかに濡れた冷たい手だった。

「こんなこと、舞ちゃんに話すつもりじゃなかったんだけど……。正直言って今、かなり参ってるんだ。愚痴になっちゃうけど、いいかな」

「ええ、うん、何、もちろん」

びっくりしたけれど嬉しかった。雪村くんは疲れている様子を見せることはあるけれど、こんな風に愚痴を言ったり、頼ってくることは滅多にない。今まで以上に心を開いてくれたと思うと、今この場にふさわしくないのはわかっているのに、顔がひとりでににやけてしまった。

「私でよければ、なんでも話して」

頬の内側を嚙んでそう言うと、雪村くんは「うん」とますます私の手を強く握って頷いた。

「……去年の夏に、母が病気で亡くなったことは話しただろう。その治療費のことで、父方の家族と揉めててさ。母が入院した時は僕も学生だったから、父が肩代わりするってことで話がついてたんだけど、最近になって返すように言われてるんだ。離婚の原因は母にあるし、向こうは弁護士も付けてきたから、さすがに敵わなくてさ。今日話し合いの場に行ってきたんだけど、結局返すことに……」

他人事とは思えなかった。付き合い始めて少し経った頃のことを思い出した。何かのはずみに、私がひとり親家庭の出身であることを話したら、雪村くんはひどく驚いた顔で「僕も」と言ったのだった。私たちは境遇が似ていた。奨学金制度を利用して大学に進学したことも、子供の頃に一人で散々食べたからカップラーメンが苦手なことも。私が何か一つ話すたび「そう、そう」と彼が同意してくれるものだから、私は運命の人に巡り合えた気がしてとてつもなく嬉しかったのだ。あの時と同じ温度で、私は胸が締め付けられるのを感じた。雪村くんの抱える虚しさや、やり場のない怒りが、直接私の心に流れ込んでくるかのようだった。

「医者なんだからそれくらいポンと払えるだろって言われたけど、僕なんてまだ研修が明けて数年だし。奨学金も返せていないから、実際、余裕はほとんどないんだ。舞ちゃんの前ではかっこいい僕でいたいから、こんなことずっと言い出せなかったけど……。ダメな男でごめん」

「ううん、そんなことない」

雪村くんのご両親の間にどんな事情があったのか、詳しく知っているわけじゃない。だけど彼が苦しんでいるという事実に、怒りが湧き上がるのを感じた。これまでは、雪村くんという人間をこの世に誕生させてくれた彼らにただひたすら感謝していた。けれど今の話を聞いて、感謝の中に暗い気持ちが入り込み、混ざり合って、自分でもよくわからなくなってしまった。

「いくらなの」

私が訊くと、雪村くんは目を見開いた。

「その治療費って、いくらなの。私にできることはある？」

幸い私は社会人になって彼より長いし、貯金だって少ないがあることにはある。私の考えを察したのか、雪村くんは「それは悪いよ」と、慌てたように顔の前で手を振った。

「いいから言ってみて」

私はジントニックをもう一口飲んだ。喉に冷たい風がすっと通り、それがますます体を前のめりにさせた。

雪村くんはうつむいて肩を落とした。

「……治療費は総額３００万。でもとりあえず先に１００万返せって言われていて、あと30万円足りない」

心臓が下の方へ沈み込んでいくのを感じた。深く息をついて、重くなった鼓動を抑える。

「……それくらいなら、どうにかなるかも」

「え」

雪村くんが驚いた顔をする。

「違うの、30万の方」

全額はぎりぎり不安の方が勝ってしまうから無理だけれど、それくらいならすぐ用意できるはずだ。

彼は眉(まゆ)を下げて首を振った。

「ごめん舞ちゃん、そんなつもりで言ったんじゃないんだ。大丈夫だよ。心配しなくても、真面目(まじめ)に働けば数年で返せる額だから」

「でも返済が終わるまで、雪村くんはそっちのご家族とかかわっていかなきゃいけないんでしょう？」

離婚の原因は母親の浮気で、自分も本当は父の子ではないのではないかと疑われているから、電話で連絡を取るだけで気が滅入るのだと彼は以前話していた。

「力になりたいの」

私は彼の目を見て言った。心からの言葉だったが、本当はそれだけじゃなかった。私は焦っていた。もしもここで力にならなかったら、雪村くんが私に愛想をつかすきっかけができてしまうのではないかと恐れていた。時間もお金も贅沢に使うと自分に宣言しておきながら、結局は手遅れになることにおびえる自分から逃げられない。

「……ありがとう。いいのかな」

雪村くんは鼻を啜って頭を下げた。

「舞ちゃんと結婚する頃にはちゃんと余裕を持てるようにするし、家族とのいざこざもないようにするから。本当にありがとう」

店内が薄暗くてよかったと思った。私は慌ててジントニックを飲み干し、新しいカクテルを注文して、顔が真っ赤になったのはお酒のせいだと主張できるようにした。

バーを出た後、コンビニに寄った。通帳もカードも持っていないので郵便貯金はすぐに下ろすことはできないが、私はあなたを助けると、今すぐ雪村くんに証明したかった。普段使っている口座から10万円を引き出す。取り出し口から紙幣を抜き取る時「舞さんって、私たちの中でも得に金銭感覚バカになりがちですよね」と美影ちゃんに言われたことを思い出した。

「これ、とりあえず。残りはいつまでに用意すればいい?」

コンビニの外で待っていた雪村くんに封筒を手渡す。暗い夜道の真ん中を、車やバイクが唸り声を上げて走っていく。逆光になって、彼の表情はよく見えなかった。ただ、もう私の行動に感激している様子はなく、手にした封筒に目も心も奪われてしまったような、どこかぼうっとした感じがした。

「どうしようか、この後」

軽い調子で尋ねてみる。今なら言える気がした。私に頼ってもいいんだよ、部屋が散かっていても気にしないでと、さりげなく伝えられる気がした。なぜなら今、(こんなことを言うのは性格が悪いかもしれないが)彼は私に貸しがあって、提案されたことを断れる立場にはないはずだから。

雪村くんは瞬きを一つすると、腕時計に視線を落とし「終電なくなっちゃったな」と言った。そして依然としてぼんやりした様子のまま「タクシー呼ぶよ」と、ジャケットからスマホを取り出した。

ほどなくやってきたタクシーに2人で乗り込んだ。私が黙っていると、雪村くんは小さく首を傾げ「池袋までお願いします」と運転手に言った。

記憶に自信がないのか、振り返ってそう尋ねてきた。私が住んでいる場所としては合っていた。私が期待した行き先としては合っていなかった。どちらの意味で彼が尋ねてきたのかは明らかだった。私は「うん」と、喉まで出かかった言葉たちをすべて飲み下して言った。タクシーは走り出した。

「合ってるよね？」

雪村くんの価値基準がよくわからなかった。結婚のことを考えているのに私を家に上げたがらず、余裕がないと言っているのに迷いなくタクシーを呼ぶ。どこまでが私への優しさで、どこからが踏み込んではならない領域なのか判断がつかなかった。それを尋ねる勇気が出ないのは、やっぱり私の中に「彼に嫌われたくない」という恐れがあるからだろうか。自覚しているのに、どうしても踏み込むことができないのがやるせなかった。

同居人たちと彼を鉢合わせさせるわけにはいかないので、駅前で降ろしてもらうことにした。

「また連絡するから」

地面に降り立った私を見上げて、雪村くんは穏やかな声で言う。

「わかった」

頷きながら、まるで私からは連絡しちゃいけないみたいだなと思った。今までちょくちょく雑談のラインを送っていたのがまずかったのかもと、心の中の風船に針を刺されたような気持ちになる。

駅前を1人で歩いた。パンプスを履いた足の痛みを、今更のように思い出す。懸命に正していた姿勢が徐々に悪くなっていく。疲れた、と深く息を吐いた。それだけで重力が倍になって体にのしかかってきた気がした。

20代の半ばまでは、自分は生きるのが上手だと思っていた。成績は常に上位で、服もメイクも大抵なんでも似合ったし、彼氏が途切れたことはなく、母や祖母とも仲がよかった。今でもそれは変わらないのに、人生が行き詰まっているような、停滞している感覚が拭えなかった。この息苦しさから脱するために、私は前進するための最もわかりやすい手段として、結婚に憧れているのかもしれなかった。

もうみんな寝ているかと思ったが、シェアハウスのリビングには灯りがついていた。私が玄関の鍵を開けて部屋に入ると、パジャマ姿の美影ちゃんが「お帰りなさい」と囁く。だらけた姿勢でソファに座り、眠たげな顔でスマホを見ていた。

「まだ起きてたの?」

「はい。でもあと10分経って舞さんが帰ってこなかったら寝ようとしてました。泊まりかなと思ったので」

「私を待ってたの?　どうして」

「忘れたんですか」

　信じられない、とでも言いたげに美影ちゃんは眉をひそめる。

「今日、ちょテミュの抽選結果がわかる日ですよ。私、一緒に見ようと思ってまだサイト開いてないし、メールの通知も切ってるんですからね」

「忘れてた!!」

　全身の血が一瞬で温度を上げる。私はバッグをその場に放り、美影ちゃんの隣に体を投げ出した。震える手でスマホを開く。

「……見た？」

「見ました。せーので言いますか？」

「いや私、そんな元気よく発表できる結果じゃないわ」

「私もです」

「まさか全敗？」

「はい」ほら、と美影ちゃんが画面を見せてくる。そこには〈チケットをご用意できませんでした〉の文字が応募した日程の数だけあった。

「あぁ……なぁ――――んでよ……」

　私はソファの角に顔をうずめた。昂（たかぶ）っていた気持ちが急降下していく。東京はまだしも、愛知まで全落ちってそんなことある？　帰省ついでに観に行ったろという魂胆（こんたん）が運営に見透かされているとしか思えない。

「当たったらどんな喜びのツイートするかまで考えてたのに……」

「まあ、まだ2次抽選がありますから。そっちは東京と愛知の発表日って別なんでしたっけ？」

　彼女はあくび混じりに慰めの言葉をかけてきた。

「私さ、今回のために善行いっぱい積んだのよ。駐輪場に落ちてるゴミ拾ったり」

「偉いですね」

「この間なんか、迷子を交番に連れていったの」

「聖人じゃないですか」

「それに、今日は彼氏にお金も貸した」

「わーすご……くない！」美影ちゃんはガバッと体を起こした。

「どういうことですか？　お会計で手持ちがなかったからとか……」

「違うわよ。お金に困ってるって話をされたから、とりあえずコンビニで10万下ろして貸したの」

「えっ、大丈夫なんですか、それ？」

　彼女が尋ねた瞬間、階段を下りてくる足音がした。直輝がお腹のあたりをぼりぼり掻（か）きながら現れ「あ、舞さんだ。お帰り」と冷蔵庫の方へ歩いていく。

「２人で何話してるの？」

「舞さんが彼氏にお金貸したって」

「へー」

「10万円」

「なんだって」

　直輝はマグカップに麦茶を注ぐと、喉を鳴らして飲みながらこちらへやってきた。

「……ほんとに、大したことじゃないの。今日は珍しくスーツを着てたから理由を訊いたら、偶然そういう話になって……」

　２人に距離を詰められて、私は少々面食らった。鼻のあたりに漂っていたふわふわした感覚が徐々に収まり、さっきまでの自分がだいぶ酔っていたことに気づく。

　お金を貸すことになった経緯を説明すると、２人の顔からはみるみる表情が失せていった。美影ちゃんがクッションをぎゅっと抱きしめる。直輝は「あー」と、途中で一度唸ったきり静かになった。

「……私、経験ないからよくわかりませんけど」

　話を終えると、美影ちゃんが低い声で言った。

「そういう大きい額の貸し借りをする時って、いくら恋人でも同意書とか作るものなんじゃないですか？」

「そんなこと言ったって……急な話だったし」

「なんか、今まで付き合ってておかしいなーと思ったことってあります？」

「え、ないよそんなの……。家に連れていってもらえないことくらいかな」

「怪しいって」直輝が口を挟む。

「前のイチゴ狩りの時も思ったけどさ、その人、他に女いるよ。既婚者じゃないっすか？」

「そんなことない。私、昔そういう人に引っかかったからわかるもん」

言いながら、私は自分が思っていたよりも雪村くんのことをよく知らないことに気づいた。これまでに付き合ってきた人たちがこうだったから彼はこうだろうと、予想や推測で人物像を固め、それで雪村くんのことを理解した気になっていた。とはいえ、彼が独身なのは間違いない。以前デートの時に着ていたポロシャツからいい匂いがして「どんな柔軟剤使ってるの？」と尋ねたらメーカーの名前で答えがすぐに返ってきたからだ。あんなに忙しい人なら、結婚していたらお嫁さんに家事の大半を任せるだろう。柔軟剤を即答できるのは、自分で洗濯をしている証拠だ。

「ヒデさん、ちょっと来てください」

気づけば直輝が一階の部屋のドアを叩き、眠っているヒデを起こしていた。なんだか大ごとになってしまったなと、私はソファに座った自分の足を見下ろして思う。顔が奇妙に重たく、化粧を落とすのを忘れていたことに気づいた。立ち上がろうとしたけれど、うなだれたまま、体に力が入らず動けなくなってしまった。

「試合後のボクサーみたいになってる人いるんだけど」

ドアの方から、ヒデのからかうような声が聞こえた。

「どうしたの。燃え尽きたか？」

「舞さんが彼氏に10万貸したんすよ」

直輝が即座にチクる。この前と同じ流れだった。

「そんで家にも行ったことないって言うから、騙されてるんじゃないかと思って。どう思います？」

ヒデは困った表情で溜め息をつき、頭を掻いた。

「……事情を聞かないとなんとも言えない」

そう言って、私の隣に腰を下ろす。ソファの座面が重たく沈み込むのがわかった。

同じ説明をするのは手間だったが、はしょらずに最後まで話すことにした。酔いがさめ、大学生2人に心配されて、私も自分のしたことはおかしいのではないかと気づき始めていた。疑うのは怖かった。うるさい、私の恋愛なんだから口を出さないでと、3人を突っぱねてしまおうかとも思った。だって美影ちゃんたちは雪村くんに会ったことすらないのだし、私の話から得られる情報の量もたかが知れている。耳を貸して不安になるだけ無駄なんじゃないだろうか？　それでもこうしてすべてを話した理由はただ1つ、私は雪村くんに恋をしていて、3人はしていないからだ。どんなに気を付けようと思っても、好きになった瞬間に相手を見る目にはフィルターがかかってしまうものだし、理想の押し付けだって簡単に止められない。もし自分に現実が見えなくなっていて、気づけなかったことがあるとしたら、私はそれを知りたかった。

「小児科医って、どこの病院の？」

話を聞き終えると、ヒデは深刻な顔で尋ねてきた。

「新宿の総合病院」

「なんて名前だよ。新宿に総合病院いくつあると思ってんだ」

「1つじゃないの？」

「東京の人口舐めてるだろ。仕事について詳しい話を聞いたことは？」

「ない。プライベートとは分けたいって言われたから」

「そもそも本当に医者なのか？」

「本人に確認したもん。アプリのプロフィールにもそう書いてあったし」

「マッチングアプリにいる医者の数が実際の医者の数を上回ったって話、聞いたことあるか？　つまりその中の一部は確実に医者を騙る詐欺師なんだよ！」

ヒデは語気を荒らげると、一気に疲れが襲い掛かってきたのか背もたれにドッと体を預けた。

「……なんにせよ危機感がなさすぎだな。もしあんたの彼氏が詐欺師だったとしたら、何人もの人を同時進行で騙してるから、イチゴ狩りの件だって記憶が曖昧で否定してこなかったってことだ」

「でも……」

「まだ連絡つくか？　真実がはっきりしない状態で人のことを悪く言いたくないが、もし金が目的なら、このまま10万持ってトンズラされる可能性だってあるぞ」

その時、見計らったようにスマホが鳴ったので私たちは飛び上がった。雪村くんからラインが来ている。〈今日はありがとう。残りのお金のことなんだけど、次に会う時に手渡ししてもらえないかな？〉と書かれていた。

「なんで手渡し？」

画面を覗き込んだ直輝が言う。

「口座だと足が付くからかも。前に読んだ漫画にそういう話があった気がする」

美影ちゃんが口を挟んだ。

「大金を持って歩くのは怖いから振り込みじゃ駄目？　って送るんだ。騙されているふりをして」

ヒデが横から囁いた。

文字が思うように打てなくて、私はスマホに伸ばした自分の指が震えていることに気づく。雪村くんからのラインは、これまでならもっと私を気遣う言葉や、今日のデートについての言葉が入っていた。なのに今はお金のことしか書かれていない。他の3人が詐欺だと言うのを、真面目に聞きながらもありえないでしょと心の隅で思っていたが、疑いの気持ちが今になって膨らみ始めた。ヒデに言われた通りの文章を、絵文字もスタンプも添えずに送る。既読が付いてからの沈黙が苦しかった。

〈銀行に行く時間が取れないから、手渡しの方が助かる〉

「な……」

美影ちゃんが息を呑んで絶句する。お腹の底から、私は怒りとも悲しみともつかない感情の波がせりあがってくるのを感じた。ちょっと、駄目だ、これ。まともに食らったら絶対に立ち直れない。雪村くんに出会ってから今日まで費やした時間、可愛い彼女でいるために呑み込んだたくさんの言葉、彼の言葉がきっかけで生まれた数々の妄想。一つ残らず覚えている。なんで？　頭が疑問でいっぱいになった。幸せになりたかっただけなのに、どうして？

シュポ、と画面に新たな吹き出しが現れた。

〈それに僕、ＡＴＭの使い方ってよくわからないし〉

疑いが確信に変わる音がした。その瞬間、これ以上何もわかっていないふりをするのは、完全に無意味だとわかってしまった。

「んなわけね――――だろ!!!　バ――――カ!!!」

あらん限りの声量でスマホに向かって叫ぶと、鼓膜がキンと痺れた後、痛いくらいにあたりが静まり返った。

「アプリやったり私とバーに行ったりする時間があるのに、お金を下ろす時間がないはずないでしょうが！　それに使い方がわからないって……舐めてるの？　私のことバカだと思ってる？　医者だからって自分より頭の悪い人間を……あ……違う……医者も嘘かもしれないのか……」

いきなり血圧が上がったせいか、急に頭が痛くなって私は体を丸めた。落ち込んじゃ駄目落ち込んじゃ駄目と、呪文のように自分に言い聞かせる。ここで泣いたら私の負けだ。まだ問題は解決していない。雪村くんが詐欺師なら、悲しむのはお金を取り戻してからでも遅くない。

「ワイン持ってこい」ヒデが美影ちゃんと直輝に言った。

「後は何か曲かけろ。この人が好きそうなやつ」

2人は頷き、それぞれの仕事に取りかかる。ほどなく、私の手にはグラスが渡され、テレビの上のスピーカーからはちょぇテミュ強化合宿公演のナンバーが流れ始めた。

「――会って、話してみようと思う」

お酒と歌詞に勇気をもらって私が言うと、ヒデは「そうか」と頷いた。

「ラインで問い詰めたら逃げられる可能性が高い。金を渡すと言ってどこかの店に呼び出すんだ。不安なら、向こうに見つからないように僕もこっそりついていくから」

「私も行きますよ」

「俺も」

3方向から力強く頷かれ、完全に参っていたはずなのに思わず笑ってしまった。

こんなに頼もしい仲間ができるなら、シェアハウスをすることにして本当によかった。

彼氏は失敗だったかもしれないけど、こっちの選択は大正解だ。

「ありがとう」

心からの感謝の気持ちを込めてお礼を言った。

手渡しを承諾する意のメッセージを送ると、雪村くんはまたすぐに既読を付けてきた。

〈いつ会える？〉と、今まで一度も言われたことのない言葉が画面に現れる。

来週の日曜を提案し、場所を決めようと食べログを開いた私は、いつもの癖で果物を使ったスイーツが美味しいお店を探そうとしていた自分に気づいた。胸がズキッと痛む。まだ駄目だと感情を押し殺し、中目黒にある席数の多いカフェを指定した。

〈了解〉

小さな白い吹き出しが送られてくる。それが目に入った瞬間、当日までもう彼からラインが送られてくることはないんだろうなと思った。

「決めるさ今　スマートなボレー♪　これは約束のビクトリー　僕は誰にも嘘はつかない♪」

　スピーカーから映の歌声が聞こえる。私は目を閉じて深く息をつき、ソファにスマホを伏せて置いた。


　雪村くんとの話し合い当日、私はいつもより丁寧にメイクをし、髪を巻いた。自分を奮い立たせるための武装だった。ネックレスの留め金がうまく合わずに苦戦していたら、直輝が音もなくやってきて「やるよ」と手を貸してくれた。彼は私の気合いの入った服装を見て「わかるな、その気持ち」と呟いた。正面に回ってペンダントの位置を確認し「うん、完璧」と満足げに頷いた。

　4人で家を出て電車に乗り、この前指定したカフェを目指した。中目黒駅で3人と別れた。私はこれから1人で歩いて目的地へ向かい、美影ちゃんたちは回り道をして少し遅れてカフェに入る予定だ。

「頑張ってください」

「負けんな」

歩いた。

「必ず勝てよ」

それぞれに励まされて駅を離れる。揺れる自分のスカートの裾を、じっと見つめながら歩いた。

雪村くんはもう来ていた。私が店のドアを開けると、ひらひらと手を振って向かい側の席を示す。私は彼の元へ歩み寄り、おしぼりを持ってきてくれた店員にアイスティーを注文した。雪村くんは私の目をじっと見つめて笑った。隠し事など一つもなさそうなそのまっすぐな瞳に、一瞬、疑ったことを謝りたいような気持ちになる。確かめなければと思った矢先「いきなりで悪いんだけど」と切り出された。

「残りのお金、持ってきてくれた？　昨日の夜、また父方の実家から電話がかかってきてさ。もう待ってくれないみたいなんだ」

「あのね、雪村くん」

軽く息を吸ってから言うと、私の声は思ったよりも強く響いた。

「本当に困っているならお金を貸すのは構わないけど、もしそうなら、私をあなたのお父さんたちに会わせてくれないかな。いくら信頼していても、大きな額のやりとりをするのはやっぱり不安だから」

彼は驚いたように片眉を上げた。

「どうして？　この前はそんなこと言わなかったのに」

「あの時は酔ってたから。後からじっくり考えて、こうした方がいいって気づいたの」

「ふうん……」

雪村くんはコーヒーカップに手を添えたまま、奇妙に凪いだ無表情をした。フィルターが取れたら全然違うと思えればよかったのに、今見ても彼の顔立ちはやはり驚くほど映に似ていた。しかしそれは「造形が近い」というただの事実でしかなく、映に対する私の愛情にかかわることは一切なかった。私のちょテニへの思いはそう簡単に変わらない。たとえこの先何があっても、私が二次元と三次元を混同することはもう2度とないだろう。

「……仕方ないな」彼は溜め息をついた。

「わかったよ。今度向こうに連絡しておく。とりあえず今日持ってきてくれたお金は僕が預かっていい？」

「ううん。今日、お金は持ってきてないの」

「は？」

かつてない刺々しい声だった。この前とは違う理由で、顔を直視する勇気が出ない。私は膝の上で握りしめた自分の拳に視線を落とした。

「持ってきてないって、今日はそのために呼び出したんじゃなかったのかい。僕だって仕事が――」

「雪村くん、どこの病院に勤めてるの？　本当にお医者さんで、本当に治療費を払わなきやいけないの？」

張り詰めたような沈黙が流れた。雪村くんは息を呑み、頰を打たれたみたいに呆然とした顔をした。しかし次の瞬間、舌打ちをしてガシガシと頭を掻いた。

「……そんなこと、今まで一度も訊いてこなかったよね？」

「疑ってなかったからね」

「今は疑ってるの？」

「うん。この前のラインが決定打かな」

「あー……」

彼は目元を覆って呟き「やっぱしくじったな」と口元を緩めた。

「何笑ってるの？」

「いや？　笑ってないけど」

「嘘。ニヤけてるよ。何がおかしいの？」

「うーん……」

雪村くんは迷うそぶりを見せた後、何かを気まぐれに思いついたみたいに口を開いた。

「舞ちゃんさ、自分が落ち着きのない行き遅れのおばさんだって自覚ある？」

みぞおちを強打された気がした。

「美人だからって無駄にプライド高いままでいるから、30まで売れ残ってるんだよ。ま、今回でいい勉強になったんじゃない？」

　雪村くんはコーヒーを飲み干して立ち上がる。そのままテーブルを回り込み、早足でカフェから出ていこうとした。

「待って」

　追いかけようとしたのに、足が動かなかった。喉がからからに渇いていた。目の前に置かれたグラスが汗をかいている。追いかけなければ。このまま逃げられてなるものか。私は立ち上がろうとした。「待って」か細い声が口からこぼれただけだった。

「ふざけんなよ」

　出入り口の方から声がした。振り返ってみれば、席から立ち上がったヒデが雪村くんの胸倉を掴んでいた。

「お前、誰だよ」

　雪村くんが戸惑った声で尋ねた。怯えているのではなく、面倒なことになったと思っていそうな、うんざりした口調だった。

「舞さんの同居人だよ」

　直輝が横から言った。「だよ」と美影ちゃんも言った。

「あんた、今すぐあいつに謝れ。そんで金返せ」

　ヒデが迫ると、雪村くんは手を振りほどき「おいおい」と私の方を向いた。その顔には、先ほどまでの笑みが戻っていた。

「舞ちゃんこそ僕を騙してたんじゃないか！　高校の同級生と暮らしてるなんて嘘をついて、本当はこんなカスみたいな垢抜けないオタクたちと一緒だったなんて――」

「えっ、なんでオタクってわかったんすか？」

「直輝ちょっと黙ってて」

店の迷惑になると思ったので、私は可能な限り素早くお会計を済ませ、雪村くんの襟首を掴んで外に出た。彼は抵抗しようとしたが、4人が相手だとさすがに無理だと判断したのか、舌打ちをしてされるがままになった。

許せなかった。自分が騙されたことよりも、行き遅れの売れ残りだと言われたことよりも、3人を侮辱されたことが許せなかった。彼らは私の友達ではなかった。ただの同居人でしかなく、けれどもその同居人たちが、ついさっき動けなくなっていた私を助けてくれたのだった。友達だとか夫婦だとか、名前ばかり頑丈そうな絆にこだわっていた自分がバカらしく思えた。

「家のことで嘘をついたのは悪かったと思ってる。でもお金を騙し取るのは違うでしょ。今すぐ返して。でないと警察行くから」

「え、行く確定じゃないの!?」

直輝がぎょっとして声を上げる。「まだあんたのターンじゃないよ」すぐさまヒデがたしなめた。

「返せない。もうないから。全部お舟ですった」

　雪村くんは悪びれもせず肩をすくめる。

「じゃあやっぱり警察じゃないですか」

　美影ちゃんが腕組みをして言った。

「だけど訴訟って、手続きが面倒くさそうなんだもん」

　雪村くんが捕まるか捕まらないかなんて正直どうでもよかった。私はお金が返ってくれればそれでいい。ただし、同じ目に遭う人が出ないように、免許証の写真を撮ってアプリの運営には通報しておくけれど。

「あの」直輝が挙手をした。

「なんだよ」

　うるさそうに言ったヒデに「余計なことじゃないから！」と弁解してから話し始める。

「俺の家族、結構みんな弁護士なんですけど。紹介するんで、相談してみたらどっすか」

　私はぽかんとして彼を見つめた。

「……何それ。そんなの今まで一言も言わなかったじゃない」

「ま、色々あったんで……。紹介くらいならお安い御用です」

　直輝はへへっと笑って鼻をこすった。

結局、その場で私が雪村くんの免許証と保険証を質に取って、今日のところは解放することにした。

「あー……なんかすごい疲れた……」

雪村くんが目にもとまらぬ速さでいなくなった後、４人で駅に向かって歩いた。私は大きく伸びをして溜め息をつく。

「夜ご飯、どこかで買って帰りましょうよ」

美影ちゃんが通りを見回して店を探しながら言った。賛成、と直輝とヒデが口をそろえる。

時刻はちょうど夕暮れ時で、重なり合った私たちの影は手を繋いでいるみたいに見えた。どこからか玉ねぎを炒める匂いが漂ってきて、気が緩むのと同時に空腹を思い出す。

メールの通知音が響いた。

「誰？」

４人で顔を見合わせた直後、「私でした」と美影ちゃんがスマホを取り出す。彼女は画面に視線を落として目を見開くと、慌てた様子で顔を上げて私に言った。

「ちょてミュの東京公演、当たりました！」

「ほんとに!?」

２次抽選の結果が出る日だったのを忘れていた。嬉しくて嬉しくて、私は思わず美影ちゃんの手を取る。彼女は笑いながら直輝の手を取り、直輝はヒデの手を取って、結局4人でくるくる回った。犬の散歩をするご婦人が私たちのことを怪訝そうな目で見ていた。私は構わず踊り続けた。

「ああ、幸せ！　マイナスの次はプラスのことが起きるって本当なんだねぇ」

「そんなの信じてるのか。お気楽だな」

ヒデが皮肉っぽく言う。「別にいいでしょ」私は軽くスキップした。

お気楽な考え方だとわかっていても、浮き立った気分になれるならそれでいい。幸福度というのは結局のところ気の持ちようで決まっていて、ただでさえ時間は有限なのだから、私はできる限りいつもご機嫌でいたかった。雪村くんのことでめそめそするのはやめよう、と当選メールの画面に誓って思った。来月には（本物の）映に会えるのだし、お金もきっと返ってくるし、過去について嘆くのはやめよう。

オタ活も婚活も、両方取ろうとして何がいけないのだろう。私はこのまま生きていく。いつかどちらかが叶わなくなったとしても、一片の後悔もないくらい全力でやってやる（注・オタ活の全力は「正気を失う」の意）。そうやって進んでいく自分が、私は昔から好きだった。それだけを見失わずにいれば、当分は大丈夫そうな気がした。

「あ、流れ星」

直輝が空を指差して呟いた。私は慌てて目を閉じ、指を組んで願いを唱える。

「愛知公演も当たりますように愛知公演も当たりますように愛知公演も当たりますように」

「「「欲張りだな！」」」

3人から一斉に突っ込まれ、もう何度目かわからないけど声を上げて笑ってしまった。

四話　英博
ep : 04
Title : Hidehiro

「ヒデさんって、もしかして商業やってたりしますか?」

美影が何気なく訊いてきたから、僕はびっくりしてむせてしまった。

「ちょ、飛ぶって!」

直輝が慌てて言い、舞がパン粉の入ったタッパーを素早く避難させる。久しぶりに4人が揃った日曜の午後、テーブルを囲んで夕飯用のエビフライを仕込んでいる時だった。

「何? 急に。どうしてそんなこと訊くの」

自分の声が上ずっていないか、慎重に確認しながら質問を質問で返す。眼鏡がずれてきているのが気になったが、両手がべたついて押し上げられなかった。

「ちょっと気になっただけです。ヒデさんくらい漫画が上手な人って、版権用とは別で商業のアカウント持ってたりするじゃないですか」

「僕はやってない」

犯行を否定する容疑者みたいだなと、答えた直後に思った。美影は「ふうん」と頷いて、エビに薄力粉をまぶす作業に戻る。

――バレてないよな?

エビの背ワタに爪楊枝を刺しつつ考える。確かに僕は商業デビューしているし、一次創作用のアカウントを持っている。けれどフォロワーの数は「メシウマ太郎」の100分の1にも満たないし、第一、ガッツ本誌に読み切りが掲載されたのはもう五年も前の話だ。

大丈夫、嗅ぎつけられるはずがない。自分に言い聞かせてからふと思う。別にやましいことはしていないのに、どうしてこんなに心臓が激しく脈打っているんだろう。

　下準備を終えた後、テレビで最近配信された海外ドラマを観た。僕たちは好きなものが一緒だから共に暮らし始めたわけだけれど、その実、ちょテニ以外の趣味は本当にバラバラで、4人が平等に楽しむためには、目に留まったものから順に試すしかない。とはいえ孤児の天才少女がチェス界でのし上がっていくドラマは予想以上に面白く、気づけば引き込まれていた。

「……やっぱり、衣装がしっかり考えて選ばれてると雰囲気出るんすね……」

　直輝がぽつりと呟いた。画面の中の主人公は、クイーンの駒みたいな真っ白のロングコートとポンポン付きのニット帽を被って、モスクワの寒空の下を歩いていた。

「衣装と言えば」

　僕が言うと、彼はすぐに意図を察して「バッチリっすよ」と胸を張る。

「準備万端。あとは当日を迎えるのみっす」

「無駄にならないといいけどね」舞が横から口を挟んだ。

「落選したらサークル参加自体できないじゃない。確か明日発表だったよね？　封筒もまだ届いてないの？」

「ないな。普通メールの方が先に来るだろ」

念のため、僕は当落通知のアドレスが迷惑メールの設定になっていないか確認した。大丈夫そうだった。

「もしもし。大丈夫？」

美影が心配そうに言い、直輝の顔を覗き込む。彼はぽかんと口を開け、「そんな……」と絶望的な声で呟いた。

「俺、知らなかった！　コミケって抽選なの知らなかった！　え!?　何!?　1人ずつやるやつ!?　俺なんもしてないんだけど！」

「1つのサークルにつき1回の申し込みだ。代表して僕がやっておいたから」

「あ、なんだ……。あざす……」

直輝は脱力し、安心したように息をついた。

サークル参加の申し込み数は、毎年規定枠のおよそ1・5倍と言われている。つまり落選してしまう場合もあるのだが、たぶん大丈夫なはずだ。申込書に記入漏れはなかったし、サークルカットだってきちんと提出した。こういうミスに気を付ければ、きっと確率はそれほど怖いものじゃない。

「落ちたら無駄になるから～なんて考えてないで、ちゃんと原稿進めておけよ。アンソロ作るって約束でシェアハウス始めたんだから」

「はぁい……」

僕が言うと、美影は肩を縮めて頷いた。

「ヒデこそまだペン入れしないって言ってたじゃん」

舞は口を尖らせる。

「僕は毎日割と時間に余裕があるから。あんたは仕事が忙しいんだし、他の人よりしっかりスケジュール管理しなきゃいけないだろ」

「また保護者みたいなこと言う……」

彼女はまだ不満げだったが、それでも納得したのかスマホのカレンダーアプリと睨めっこを始めた。

通常、同人誌の締め切りはイベントの1週間前。印刷所の繁忙期も考慮して、2週間前には仕上げておきたい。明日で11月の3分の1が終わる。適度な緊張感で作業を進めるのにいい頃合いだった。

「よし、じゃあ揚げるか」

ドラマのエンドロールが流れ始めたので、僕はソファから立ち上がる。

コンロのつまみをひねってしばらく待った後、パン粉のかけらを菜箸の先で鍋の中に落とした。パチパチと音を立てながらパン粉の色が変わったので、1尾目のエビを投入する。

細かな泡をまとって灼熱の海を泳ぐ様子を、しばらくぼうっとしながら眺めた。

——コミケ用の原稿を仕上げるなら、あっちも完成させなきゃな。

そう考えて軽く息をつく。1カ月ほど前に一次で20ページほどの短編を描き始めたものの、勢いが続かずしばらく放置していたのだった。期間が空きすぎるとやる気がなくなるから、できればそっちを終わらせてから二次のペン入れに取り掛かりたい。

「ありゃ、1尾だけ?」

棚から皿を出している直輝に言われた。

「そのペースでやってたら日付が変わりますよ。俺、揚げる係やりましょうか」

「いい。わかってる」

僕はバットの上にあったエビを次々鍋に落とす。油の中で4尾になったエビは、フライになりながら輪を描いて仲良く踊った。

時々、よく決断したよなと思う。一人でいるのが好きなはずなのに、僕はシェアハウスを始めることを選んだ。以前なぜかと直輝に訊かれて、変にぼかした答え方をしてしまったのを覚えている。叔父が海外へ行ってこの家に一人になって、寂しくなったから……とか、あたりさわりのないことを言っておくべきだったろうか? でも本心を隠すのは違うと思った。かといって、洗いざらい話す勇気もなかった。本当のことを話すことと、本当のことを言ってもらうこと。それこそが、他人との暮らしを選んだ理由だというのに。

僕は昔から絵を描いたり話を作ったりすることが好きで、それを発表したいという思いは一丁前にある癖に、自分の作品が人にどう思われるかについては、ひどく臆病なところがあった。

一生懸命描いたのに、面白くないと言われたらどうしよう。読んで時間を無駄にしたと言われたらどうしよう？　自分のアイデアを形にできて、誰かに読んでもらえたら充分だったはずなのに、一度気になり始めるときりがなかった。褒められればいいというわけでもなく、「素直に言うとヘソ曲げるから褒めとくか……」みたいなお世辞はもっと嫌だった。つまり僕は、自分に素晴らしい作品は描けないとわかっているのに、受け取る感想はすべて「素晴らしかった」という、心からの賛辞でなければ気が済まないのだった。我ながら支離滅裂で笑ってしまう。

シェアハウスをしようと思ったのは、こんな自分を変えたかったからだ。新しく生まれ変わるのではなく、他人の本音を受け止めることに慣れたかった。今より少しでも周りの評価に過敏じゃなくなって、自分の思う「面白さ」を、ふてぶてしく突き詰められるようになりたかった。そのためには、僕と同じように作ることの楽しさと、見せることの不安を知っている人にそばにいてほしかったのだ。そういう人間はきっと（僕も含めて）歩み寄るのに時間がかかるから、アンソロジーを作るという名目にすれば、己の内面をさらけ出す覚悟がある人たちの目に留まるんじゃないかと思った。

結果的に集まった三人にその覚悟があるかと訊かれたら、はっきりとはわからない。ただ、彼らにそれを期待するのなら、まずは僕が変わらなきゃいけないのかもしれない。どこをどうやって？　答えはまだ見つかっていなかった。

翌日の昼過ぎ、サークル参加当選のメールが届いた。バイトの休憩中、画面のスクショをラインのグループに送る。３人から立て続けに反応があった。割り当てられたのは東ホールの島端――いわゆる誕生日席で、まあ妥当な配置だろう。しかし頒布数の予定が１０００部と多いので、当日の在庫保管場所を確保できるかが少し気がかりだった。

休憩時間が終わったので、きしむパイプ椅子から立ち上がって仕事に戻る。

アニメイト池袋本店は、９階建てにもかかわらずエスカレーターが2階までしかない。つまりイベントホールで催し物がある時は、狭いエレベーターで何往復もして道具を運ばなきゃいけないわけで、これが本当に面倒くさい。明日は熊野古道という漫画家のサイン会が行われる予定で、僕はポスターと主人公の等身大パネルを持って設置スペースへ向かった。

「飯間さん。それ、こっち」

エレベーターを降りると、長机の位置を調整していた後輩に手招きされた。

「今日、何時までですか？」

「18時だけど。なんで」

「15時から、熊野先生と担当編集の方がいらっしゃるじゃないですか。でも自分、もう上がりなんで。羨ましいんです」

「声かけたりしなければ、別にいてもいいんじゃない。というか、僕これ読んでないから案内代わってもいいけど」

「いやいや、先生の前で恥かいたら大変なんで……ってか、ちょテニ好きなのに東ストは読んでないんすか？　同じガッツですよ」

「僕、単行本派だから。アニメになったら見るとは思うけど」

「まだ2巻なんで、アニメ化は当分先じゃないですかね……。おすすめですよ。んじゃ、お疲れ様でーす」

青いデニムのエプロンを取りつつ、後輩はイベントホールを出ていく。

僕は自分が今しがた貼ったポスターを見上げた。「東スト」こと『東京ストラテジスト』は、ダンジョンと化したメトロの駅で、同じ路線の同じ車両に乗っていた人たちがパーティを組む話のようだ。バトル漫画が主流のガッツにしては珍しいジャンルだと思ったが、確かに面白そうだった。

準備を済ませた後はレジに立ち、15時になってから1階で作者を出迎えた。

「週刊少年ガッツ編集部の長瀬と申します。こちらが作者の熊野古道先生です」

出版社の紙袋を持った編集者が名刺を差し出す。その隣に立つ漫画家・熊野古道は、緊張しているのか寝不足なのか、ぼうっと焦点の合わない目をしていた。顎にぽつぽつと髭が生え、眼鏡のレンズが汚れている。僕と同世代だろうかと思っていると、彼は不意にこちらを見、それからあっと目を見開いた。疲れで濁っていた瞳に、小さな光が灯る。

「……もしかして、ヒデちゃんじゃない？」

「えっ？」

僕がぽかんとしていると、熊野古道は眼鏡を外し、パーカーの袖でガシガシと猫みたいに顔をこすった。

「わからない？」

そう言って、悲しげに眉を下げる。

「……田中？」

「おお、そうだよ！」

薄汚れた顔がパッと輝いた。

「よかったー、忘れられてたわけじゃなくて！　すごいな！　すごい偶然だ！」

緊張も疲れもすべて吹っ飛んだかのように笑う。山頭社のビルを見上げて「でっかいな！」と歓声を上げた、あの時と同じ笑顔だった。

「お知り合いですか？」

担当編集の男が尋ねる。

「はい、同期です！　ガッツMEGA短編賞の」

田中――熊野は屈託ない表情で答えた。

「ペンネーム、変えたんだな」

イベントホールへ向かうエレベーターを待つ間、黙っているのもおかしい気がして僕は尋ねた。

「そうなんだよ」

熊野は嬉しそうに答える。

「田中宗史(たかし)は本名だったたし、少年漫画の作者としてはちょっと地味だしな。ついでに地元愛を示すためにこの名前。描いてるのは東京の話だけど」

その言葉で、確か和歌山県出身だったなと思い出す。今から5年前の夏、僕たちは週刊少年ガッツの短編賞を受賞した。最優秀作品はなく、入選したのは優秀賞の僕と熊野の2人だけだった。トロフィーを受け取りに山頭社へ行った時に初めて会った。

当時の僕は福祉専門学校の2年生で、授業と就活とバイトの合間に漫画を描き、持ち込みを繰り返していた。担当に半ば呆(あき)れられながら修正を重ね、執念の末にもぎ取った賞だった。作品名が刻まれたトロフィーを手に恍惚(こうこつ)としていると、同じものを持った熊野が目の前でニッと笑った。

「やったな！」

初対面にもかかわらず、彼は親しげに話しかけてきた。

熊野は珍妙な格好をしていた。窮屈そうなハーフパンツによれよれのポロシャツ、なぜか革靴、黒縁の丸眼鏡に坊主頭。小学生男子にも中年男性にも見える出で立ちだった。後から知ったことだが、それが当時の熊野の服の中で最も清潔な組み合わせだったらしい。

僕よりも３つ年上の彼は、地元のブラック企業を逃げるように辞め、漫画家になるために上京してきたのだと言った。

「頭は上司にバリカンで刈られたんだ」

そう説明された時は冗談だと思ったが、どうやら本当らしいと、その人となりを知るにつれて理解した。

熊野は隙だらけだった。人から舐められやすく、騙されやすい性格をしていた。街を歩けば立ち止まって客引きの言葉を最後まで聞いたし、受け取ったティッシュについている消費者金融の広告を熟読した。電車に乗れば必ずよろけて膝をついたし、ディスプレイに流れるミュージカルのＣＭに感動して泣いた（消費者金融のティッシュで涙を拭った）。本当に、年上とは思えなかった。放っておけば悪い輩の餌食になってしまいそうで、気づけば世話を焼いていた。一時は同じ先生のところでアシスタントをしていたし、それが終わっても何かと連絡は取り続けた。僕の叔父を交えて、３人で焼肉へ行ったこともある。

最後に会ったのは何年前だったか。僕が専門学校を卒業した後だったことは確かだ。その頃、僕は自分の人生が忙しくなって、熊野に構っている暇がなくなったのだった。

駒沢にある介護施設に就職したはいいものの、激務で精神が参ってしまった。たまの休みに漫画を描こうとしても、がむしゃらに賞を目指していた時のようなやる気は出なかった。そんなある日、ふと思いついたネタがあって、ちょテニの4コマ漫画を描いた。アナログの、ほんの15分ほどで仕上げたそれを、気まぐれにツイッターに投稿した。

大バズりした。

それまでどんなに作画コストの高いイラストを上げても、半年かけて練った短編を載せても何も起こらなかったのに。まぐれなんじゃないかと思った。次の日、新しいネタをひねり出して再びちょテニの4コマを描いた。また万バズした。その次の日、今度は一次創作の一枚絵を描いてみた。10いいねも付かなかった。

僕は理解した。自分のような無名の新人の、面白さが保証されていない一次創作に需要はないのだ。それに比べて、二次創作は常に求めている人がいる。

もちろん同人活動って、基本的には全部アウトだと思う。目を瞑っていてくれる公式の優しさに甘えているだけだし、人様のキャラクターを借りて人気になるなんておこがましい。でも、描けば誰かに見てもらえることが嬉しかった。迷惑にならないよう気を付けるから、検索避けだって注意書きだってちゃんとするから、この幸福だけは奪わないでくれと願ってしまった。

　僕はメシウマ太郎のアカウントを作った。アナログをデジタルに、4コマを4ページに変え、よりたくさんのちょテニファンに見てもらえるよう努めた。

　もしプロの漫画家になりたいのなら、ここで承認欲求を満たしてはいけないとわかっていた。メシウマ太郎が人気になればなるだけ、一次創作に立ち返った時のダメージは大きくなるはずだと。しかし辞められなかった。当時の僕は仕事で怒られてばかりだったし、褒めてくれるような友人もいなかった。漫画を作るのはとても孤独なことだった。それが誰にも見てもらえないとなると、当時の僕にとってはもう、なんの意味もなかった。

　それから今に至るまで、僕は介護の仕事を辞めた。先行きが不安だけれどフリーターになって、楽しんで働ける居場所を手に入れた。メシウマ太郎のフォロワーは6万人を超えた。ツイッターに載せるだけじゃ物足りなくなって、時には同人誌を作ってイベントに参加した。思った以上の売り上げを得ることもあり、黒字になった分は全額ちょテニのコンテンツに使った。そうするのが自分にとって最善だと思ったし、イベントの場では黙認されているとはいえ、二次創作で稼ぐのは罪悪感があったから。

　漫画家になる夢を諦めたことで、人生が明るい方に傾いたと思う。駅で電車を待っている時、もう不意に線路へ吸い込まれそうになることはないし、家とバイト先を行き来するだけで楽しい。ただ、心を丸く削り取られてしまったような、神経が鈍麻した感覚があった。周囲のすべてに影響を受け、自分だけの思いを作品にぶつけていた日々は2度と戻ってこない。そう思うと、自分がひどくつまらない人間になってしまった気がしてくるのだった。

「ヒデちゃんにまた会えて、俺はすごく嬉しい！　東ストを描いてよかったよ」

サイン会の段取りを確認した後、熊野は満面の笑みで僕に握手を求めた。

「連絡先って変わってない？」

「そのままだけど……」

「よかった！　再会したばかりで悪いんだけど、今困ってることがあってさ。ちょっと頼まれてほしいんだ。連絡するから、詳しくはそこで。明日のサイン会もいてくれるんだろ？」

「いや、僕は夜のシフトだから」

「……そっか」熊野はわかりやすくしょげる。

「でもでも！　今日会えたしな？」

そう言って、また笑顔になった。

熊野と編集者を見送った後、僕はタイムカードを押して私服に着替え、アニメイトを出た。ライトダウンのポケットに手を突っ込んで歩く。先週まではまだ秋の名残（なごり）があったのに、今朝から急に北風が冷たくなった。

——気にするな。

心の中で強く叫んだ。あいつとの差について、深く考えてはならない。せっかく楽しい生活を手に入れたのに、比べて悔しがってはならない。

同じスタートラインに立っていたはずの熊野と僕を、いったい何が隔てたのだろう。一方はガッツで連載を勝ち取ってサイン会を開き、もう一方はただのフリーターになった。どちらがいいとか、悪いとか客観的には決められないが、少なくともあの日トロフィーを手にした僕が目指していた未来を考えれば、悔しがるなと思うだけ無駄な話だった。

僕は熊野を馬鹿にしていた。自分が漫画家になれなかったから、あいつにだって不可能なはずだと、無意識のうちにそう思っていたから、今こんなに心がざわめいているのだ。認めたくないことが2つあった。1つは、僕が熊野に負けたということ。そしてもう1つは、この結果の原因となったのが、僕の心のよりどころである二次創作であるということだった。

駅前は人通りが多かった。ものぐさな飲食店なんかはハロウィンの飾りつけをそのままクリスマス仕様に変えていて、街は意味もなくきらびやかだった。冷蔵庫の中身を思い出しながら歩く。買い出しをした方がいいのはわかっていたが、そんな気分になれなかった。

「おかえりなさい」

玄関のドアを開けると、美影と直輝がスマブラをしていた。2人はテレビに目を向けたまま「焼きそばありますよ」と声を揃える。

「もしかして、あれ今日でしたか？　東ストのサイン会」

　直輝がジョイコンを操作しながら言う。ここへ来たばかりの頃はゲーム機を触ったことすらなかったのに、近頃は誰とでも互角にやり合うようになった。

「それは明日。僕の担当じゃないし」

「ええーっ、マジかよ。俺、チャンスあったらヒデさんにサイン頼もうと思ってたのに。抽選外れたんすよ」

「読んでたっけ？」

「本誌派っすから」

　そうだった。直輝は舞と折半して、電子版のガッツを定期購読している。僕も読んでいと言われているが、たまに読み切りに目を通すくらいで、連載を追ったことはなかった。試合の臨場感を高めるために、ちょテニは単行本で読むに限る。他の作品に関しては、過去の自分と比べてしまうのが嫌で何年も前から目に入れないようにしていた。

　東ストの作者と知り合いだということは、直輝たちには黙っておくことにした。話す気になれないというより、芋づる式に自分のことも説明しなきゃならなくなるのが面倒だったし、僕を見る三人の目が変わってしまう気がした。熊野の名前を出すことで、褒められたり羨ましがられたりしたくなかった。熊野がすごい奴であるということを、これ以上思い知らされたくない気持ちもあった。

美影も直輝も舞も、素晴らしいコンテンツに出会うとその作者を「神」と表現するけれど、その「神」の正体が自分と同じ人間であることを、僕は人より少しだけよく知っている。知っているからこそ、時々ひどく虚しくなる。そこにチャンスが転がっていたのに、苦しいからと逃げ出した自分が、とんでもない弱虫に思えて。

大学生2人が作ってくれた焼きそばを食べた後、部屋でパソコンの電源を入れた。この前仕上げたばかりの短編を読み返す。悪くない出来だと思うが、今さらオリジナルの話を描いて何がしたかったのかと、自嘲的な笑いが零れた。

傍らに置いていたスマートフォンが鳴った。熊野からの着信だった。深く息をついてから、緑色の応答ボタンを押す。

「もしもし」

『あ、ヒデちゃん？　俺、俺』

「画面に名前出るからわかってる」

僕が言うと、熊野はへへっと笑った。

『改めて、今日は本当にびっくりした。まさかヒデちゃんが池袋のアニメイトで働いてたなんてなぁ』

「ああ。週刊連載だと、サイン会で1日潰れるだけでも大変だろ」

自分についての話題が続くのが嫌で、僕は強引に流れを変えた。

『ストックがあるからそれは大丈夫』

熊野の声色は変わらない。

『だけどこの前、アシスタントが1人辞めちゃって。モブを上手く描ける人がいない状態なんだ。ほら東ストは背景に力を入れてるからさ。アシさんもそっち方面の技術が高い人ばかり集めてて』

嫌な予感がした。僕は黙って熊野の言葉の続きを待った。

『申し訳ないんだけど、ヒデちゃんさえよければ、ピンチヒッターとして手伝いに来てもらえないかな。近いうちに編集さんが新しい人を見つけてきてくれる予定だけど、それまでどうしても代わりが必要なんだ。アシ代は払うからさ』

断りたかった。熊野の下で働くなんて御免だし、僕にだってバイトがある。しかし「無理だ」と言おうとしたところで、これだからお前は、と頭の中で声がした。旧友の頼みをプライドのために撥ねつけるとは、なんて器の小さい奴だと、卑屈な僕が頭の中で笑っていた。

『……ダメかな？』

熊野が畳みかけてくる。

ダメに決まってるだろ、と思う。そんなこと急に頼んでくるなよ、とも思う。ただ、僕はわかっている。もし断ったら、また自分がふさいだ気持ちのまま過ごす羽目になることを。

「……少しくらいなら、やれないこともない」

　ほとんどやけくそだった。熊野のためではなく、完全に自分のためだった。

「描いてほしいところをまとめて共有ソフトかメールで送ってくれ。出来次第データで送り返すから」

『ああいや、その……』

　熊野はなぜか口ごもった。

『アナログだから、俺の仕事場まで来てもらわないといけないんだ』

「……は？」

　今時、アナログで描いているプロなんて滅多にいない。修正に時間がかかるし、アシスタントも遠隔で雇えない。ましてや熊野はデビュー5年以内の新人だ。デジタルが広まる前から描いていたわけでもなかろうに、なぜ移行しないのだろう。

『どうしてデジタルにしないんだって、思ってるだろ』

　図星を指されてハッとした。直後に、なんで熊野なんかの言葉に核心を衝かれなければならないのだと、かすかに苛立った自分に嫌気がさした。

『頼んでいる立場でこんなことを言うのはおかしいけど、来てみればわかるよ。お願いだ、手伝ってくれないか』

乗り気じゃないのは相変わらずだった。熊野。どうしてあんたは今になって、満ち足りた生活に水を差す。悪気のないその声色が、僕を余計にもやもやさせた。

「……わかったよ。ただし、月火土と金曜の午後は無理だ。水曜と日曜は午後からなら大丈夫」

『助かるよ。ありがとう』

熊野はほっとしたように言い『曜日と時間はいつでもいいから、とりあえず直近で来てほしい』と告げた。引き受けてくれたら嬉しい、程度の口調を装っているが、本当は全然余裕がないのだろうとなんとなくわかった。日付とだいたいの時間を決めて電話を切る。すぐに仕事場の住所が送られてきたが、「わかった」と送った僕のメッセージには、もう既読が付かなかった。

その週の木曜日、僕は原稿を手伝いに熊野の仕事場を訪れた。山手線に乗って田端駅で乗り換え、京浜東北線で2駅。どうということはないシンプルなマンションだった。五年前に熊野が住んでいた木造のあばら家に比べれば豪邸と言えるかもしれない。エレベーターに乗りながら、家は仕事場とは別のところにあるのだろうかと、知りたくもないことをぼんやり思った。

「悪いね、来てもらって」

玄関の鍵を開けた熊野は、アニメイトで再会した時以上に疲れた顔をしていた。上下とも裾がボロボロになったスウェットを着、背中を丸めている。乱雑に頭を掻く手には、黒いインクの染みがついていた。ただ、焦ったり苛立ったりしている様子はなく、レース中の長距離選手みたいな、爽やかさすら感じさせる疲労感を漂わせていた。

間取りは2LDKで、巨大な本棚が壁に沿って置かれ、ベランダを背にした向きで熊野の机があった。トーン棚を挟んで、アシスタント用の机が4つ。6畳間はそれぞれ熊野とアシスタントたちの寝床になっているらしい。
4、5年前、僕と熊野がアシスタントをしていた先生の家とそっくりだった。間取りも、家具も、壁や床の色も似ていて、一気に記憶が蘇ってくるのを感じる。
「懐かしい？　似たところを見つけてもらったんだよ」

熊野が得意げな顔をした。

「ヒデちゃんはそこ。他のアシさんにはもう説明してあるから」

そう言って、トーン棚から2番目に近い机を示す。

「飯間です。代理ですがよろしくお願いします」

近寄って椅子を引くと、両脇に座っていた2人のアシスタントが無言で会釈をした。右側は大学生くらいの女性、左はおそらく30代前半の男性だった。

キッチンに近い方の壁にはテレビが掛けられていて、シリーズ物の洋画の吹き替えが流れていた。おかげで無言でも気まずくなく、すぐに作業に取り掛かることができた。原稿に鉛筆で書かれた指示を読む。「渋谷駅半蔵門線のホームから改札に向かって停止したエスカレーターを上る桃花と哲夫、身長差意識。資③」とあった。机の上にあるクリアポケット付きのファイルをめくると、③の番号が振られたページにキャラクターのデザイン画のプリントが挟まっている。傍らに置いた東ストの既刊を見つつ、雰囲気を合わせて背景の下書きを始めた。

工夫されていてわかりやすいとか、この作業方法は熊野が編み出したのかとか、頭の中でぐちゃぐちゃ考えていることがあったが、それも次第に薄れていった。集中して絵を描いている時にしか得られない静寂というものがある。辺りの音も、自分の呼吸も、思考の声さえ聞こえなくなり、そこにはただ手を動かす感覚と、言葉にならない試行錯誤だけが残る。

「お昼、何食べます？」

我に返って顔を上げると、若い女性のアシスタントが僕のことを見ていた。

「今から注文するんで、好きなものをどうぞ」

そう言って、彼女はこちらに向けたスマホの画面を揺らす。

「なんでもいいです。みなさんに合わせます」

僕はあまり考えずに答えた。本当になんでもよかった。長時間机に向き合っていると、食事とか睡眠とか、自分に直接関わるものの方が現実味に欠けた気がしてくる。

結局誰が選んだのか、30分ほどするとインターフォンが鳴って巨大な袋が届いた。女性のアシスタントから、赤い紙を折って作られた四角いパックを手渡される。開けてみると、立ち上った湯気に頰を撫でられた。刻み玉ねぎのタレがかかった鶏肉飯だった。

食事の後、午前と同じように作業を再開した。テレビに映る洋画はシリーズの最終作まで到達していて、主人公が親友を救いに西部開拓時代へタイム・トラベルしようとしていた。僕はペンを動かしながらしばらく耳で物語を追っていたが、いつしかまた集中して何も聞こえなくなっていた。モブを描き、熊野に見せ、新しいページを受け取る。指示を読み、資料をめくり、モブを描いて、また熊野に見せる。延々とそれを繰り返した。

プロとしてデビューし、連載を持つようになって、熊野もずいぶん変わったのだろうと僕は思っていた。しかし作業を進めるにつれ、どうやらそうではないことが明らかになった。彼は頻繁に資料の番号を間違えたし、ページにインクの染みを作った。男性のアシスタントに「先生、美々絵は前々回で死にましたよ」と指摘されていたこともあった。

「じゃ、私はそろそろ失礼します。お疲れ様でした」

夜もすっかり更けた頃、女性のアシスタントが立ち上がった。

「はーい、気を付けてね。お疲れ様」

熊野はペンを握ったまま、ずり下がった眼鏡を押し上げて言う。「彼女はこれから夜勤のバイトなんだよ」と、こちらを向いて短く説明した。

時計を見ると、時刻は既に23時を過ぎている。終電にはまだ余裕があるが、そろそろ集中力の限界だった。

「だいぶ進めたし、今日はもういいだろ。僕も帰るよ」

きしむ腰を押さえながら椅子を引く。

「えっ？」熊野は目を丸くした。

「明日のバイトは午後からなんだろ。泊まっていくと思ってたのに」

「そんなわけない。帰る」

一体何が楽しくて、熊野の仕事場で夜を明かさねばならないのだ。しかし横に置いていたリュックに手を伸ばすと、熊野が悲しげに引き留めてきた。

「俺は君が手伝いに来てくれるのが楽しみだったし、彼がヒデちゃんのために布団を干してくれたんだよ」

肩を落とし、男性のアシスタントに「なあ」と同意を求める。「はあ」と、アシスタントは少し困ったように頷いた。

「いや、迷惑かけるわけにもいかないし……」

僕は食い下がったが、熊野とアシスタントが泊まれと言っているのに、そう断るのがおかしいのはわかっていた。変に我を貫いても疲れるだけだ。明日は確かに午後のシフトだし、それまでに何か用事があるわけでもない。

「……わかったよ。泊まらせてもらいます」

僕が言うと、「じゃあ3人分用意しますね」とアシスタントがいそいそキッチンへ歩いていった。

「用意？　何を」

僕が尋ねると、熊野は「夜食」と答える。

「彼の作るメシは美味いんだよ。健康にも気を遣ってくれてるし」

言ったそばから、コンロを点火する音が聞こえてきた。

「週刊連載してる漫画家の仕事場とは思えないな」

こういう生活をしている人が、湯を沸かす以外の用途でキッチンを使うのは珍しい。現に僕と熊野がアシスタントをしていた先生の仕事場の冷蔵庫には、栄養ドリンクとチョコレートしか入っていなかった。棚には箱買いしたカップラーメンがあって、腹が減ったら各自で食べることになっていた。

「逆だよ。週刊連載してる漫画家だから、仕事場っぽくならないようにしてるんだ」

熊野はあくびをしながら言う。

「実際、ここが僕の家みたいなものだ。この前サイン会用の服を取りに行っただけで、元のアパートには1カ月以上ちゃんと帰ってないし。ここに住んでるって言ってもいい」

それから、散らかっている部屋を愛おしそうに見回した。

「俺がどうしてアナログ作画にこだわっているのか、来てみればわかるって言っただろ。別にデジタルが嫌なわけじゃないんだ。ただ、1人きりの部屋で長時間机に向き合っていると、何食べたいとか早く寝なきゃとか、上手く考えられなくなるだろ。だけどこうしてアシさんを仕事場に呼べば、否が応でも生活リズムができる。俺とヒデちゃんが手伝ってた先生のところも、食事こそアレだったけどそのへんちゃんとしてたしな。だから俺は、自分がダメになっちゃわないように今のスタイルを貫くつもり。そしたら、デジタルにする理由がなくなったってだけ」

「……そうか」

僕は頷いた。異議を唱えるほどの猜疑心も、賛同する優しさも持ち合わせておらず、どんな反応をすればいいのか、それ以外わからなかった。

しばらくすると、アシスタントがお盆を持ってキッチンから戻ってきた。僕が原稿を片付けたそばから、それぞれの机にどんぶりを置いていく。波打つスープの表面に、天井の照明が映っていた。

「豆乳担々うどんです。豆乳は未開封だとかなり賞味期限が長いし、瓶詰めの肉味噌と冷凍の青梗菜とうどんを買っておけばいつでも作れるんですよ」

「ありがとう！　俺、これ好きなんだよ」

熊野が歓声を上げる。「どうぞ」と促され、僕も箸を手に取った。

「いただきます」

息を吹きかけると、眼鏡が曇ったせいで視界が白くなった。冷凍うどんの柔らかな食感が疲れた体に優しい。スープを飲むと、豆乳のかすかな甘さの後にラー油の刺激が鼻腔を通り抜けていった。胃に落ちていくぬくもりで、空腹を今更のように思い出す。

「……美味しい」

「ほんとですか。ありがとうございます」

アシスタントは顔をほころばせた。

坦々うどんを食べ進めながら、僕は熊野の発言が、自分の考えとまったく同じだったことについて考えていた。1人きりの部屋で長時間机に向き合っていると、食事や睡眠のことを上手く考えられなくなる。その感覚を、彼もまた確かに知っていたのだった。

孤独が嫌で、僕は二次創作にのめり込んだ。反対に熊野は、孤独にならずに一次創作を続ける道を探した。この違いが僕らを隔てたのだろうか。立場の違いを作ったのだろうか？

食事の後にシャワーを借り、新品の下着のストックをもらった。アシスタント部屋の布団に潜り込んだ。

天井には、蛍光色に光る『東京ストラテジスト』のメインキャラクター4人のステッカーが貼られていた。暗闇の中で、彼らはまるで本当にダンジョンと化した駅の中を冒険しているようだった。僕らみたいだ、とステッカーを見上げながら思う。直後に、あの同居人たちと自分のことを、なんの違和感もなく「僕ら」と表現した自分自身に驚いた。

僕は二次創作を始めて孤独から脱したつもりでいたが、本当はそれでもまだ足りなくて、だからルームメイトを募集したのかもしれなかった。そしてその結果が、同じものを食べ、同じ屋根の下で眠る今の生活なのだとしたら、僕が求めていたものもやはり、熊野が求めていたものとぴったり重なるのだった。つまるところ、僕はずっと安心して創作できる環境が欲しかっただけなのだ。編集者みたいにアポイントを取る必要もなく、気を遣ってお世辞を言う仲でもない、そういう相手が欲しかった。プロになんてなれないと己に言い聞かせているくせに、自分で自分に抗っていた。その証拠に、あの家の僕の部屋のパソコンには、描き上げたばかりの新しい原稿データが眠っている。

メシウマ太郎は、見てくれる人をSNSで手に入れた。今度は僕が、僕自身の作品を見てくれる人を探すべきだった。あの3人は引き受けてくれるだろうか？　応援してくれたら嬉しいと、そう伝えたら笑われてしまうだろうか。

次の日は朝6時に起きて、2時間だけモブと背景を描き、朝食代わりのドリンクゼリーをもらって熊野の仕事場を後にした。

「言いづらいんだけどさ、もし構わなかったら、日曜も手伝いに来てもらえないかな？」

玄関先で、目をしょぼしょぼさせた熊野が言う。ゆうべ僕が寝た後も作業をしていたらしく、少し休めと言いたかったが、そんな余裕がないのは明らかだった。

「いいけど、落ち着いたらなんか奢(おご)れよ」

僕は彼の肩を小突いてドアの前を離れた。不思議と悪い気分ではなかった。

シェアハウスに戻って服を着替えた。３人は大学や職場へ向かった後で、リビングは静まり返っていた。１階の風呂とトイレは、直輝が掃除(そうじ)してくれていた。僕の当番だったのに申し訳ない。スマホを見るとグループラインに通知が来ていて〈ヒデさんが外泊って初じゃないですか？〉とあった。

〈初だな〉

それだけ返信してアプリを閉じる。熊野のことを説明する気はなかった。

コップに注いだ麦茶を飲んでいると、テーブルの上でスマホが連続して震えた。おおかた舞が、彼女ができたのかとかなんとか騒いでいるのだろう。これだから恋愛脳は困る。

〈うるさい。仕事しろ〉

送られてきたメッセージを全部無視してそれだけ送った。バイトへ向かうために、玄関で靴(くつ)を履(は)く。

シフトを終えて22時過ぎに帰宅すると、リビングから話し声が聞こえた。３人がテーブルを囲み、スーパーの唐揚げをつついている。美影と直輝は白米と味噌汁付き、舞は缶のレモンサワー付きだった。３人は僕に気づくと「あ」と顔を見合わせ、目視で素早く残りの唐揚げの数を数えた。

「別にいい。食べちゃえよ」

僕がリュックを下ろしながら言うと、「いやでも、１個余るんで」と直輝が妙な優しさを発揮する。

僕はキッチンの棚を開け、買い置きのレトルトカレーを湯煎で温めた。冷凍していた白米をレンジで解凍する。皿に移し、一つだけ空いていたダイニングチェアに座った。最後の唐揚げを、直輝がカレーライスの頂上に飾ってくれる。

「今日も頑張ったヒデさんに、ツリーの上のお星さま」

その言葉で、もうすぐ12月だと気づいた。

「昨日、どこ行ってたんすか？」

「友達の手伝い」

「どんな人っすか？」

「30歳男性」

「えっ、私と同じ歳」舞が目を見開く。

「その人、かっこいい？」

「あんたが3日間風呂に入らない奴をかっこいいと思うなら、そうなんじゃない」

「思わない」

「「どんまい」」

美影と直輝の声が重なった。韻(いん)を踏んでいるのが絶妙に嫌だった。

レトルトカレーは美味しかった。目を見張るような、と表現するほどではないが、いつも通りの味だった。……そう、いつも通りでいいのだ。食事も、4人での会話も。

スプーンを動かしながら、ふと不安になった。僕はこれから一次創作の作品を読んでくれと3人に頼むつもりだが、もしそれがクソほどつまらなかったら、この「いつも通り」も崩れてしまうんじゃなかろうか？

作ったものを人に見せるのはとても恥ずかしい。剝(む)き出しの心を差し出すようなものだ。メシウマ太郎の場合は、最初にSNSで評価を得られたから問題なかった。面白いです、同人誌になったら買いますと、そう言ってくれる人がたくさんいたから自信がついた。しかし僕のオリジナルの漫画はどうだろう。SNSでは見向きもされなかったのに、いきなり3人たちに見せたとして、同じ結果にならない保証がどこにある？

今さら恐ろしくなってきた。僕はいつもこうだ。絶対にやるぞと意気込んだくせに、いざその場に立つと怖気(おじけ)づいてしまう。人との関係を大切にしたい気持ちだけは一丁前(いっちょうまえ)なのに、傷つくのが怖くて、誰に対してもそっけなく振る舞ってしまう。

「あのさ」

　ここで引き返すわけにはいかないと、どうにかして切り出した。喉がからからに渇いていたが、カレーのせいだけじゃないのは確かだった。

「……漫画を、描いてるんだ」

　３人は顔を見合わせる。

「そうですね？」

　やがて美影が代表するように、戸惑った表情でそう言った。二次創作のことだと思っているらしかった。

「違う。オリジナルなんだ。商業で本を出したとかじゃないけど、アカウントは作ってて、この間も一つ仕上げた。前に訊かれた時は、嘘をついた」

　短い沈黙が流れた。次に何を言われるのか、予測しながら待つことがこれほど怖かったことはない。

「……すげえ」

　直輝がぽつりと呟いた。

「それって、ヒデさんが出てくるキャラも話も全部考えたってことですか!?」

「そうだけど。当たり前だろ、オリジナルなんだから」

「どっかに持ち込んだりするんすか？」

　どうなのだろう。かつてのガッツの担当編集者に連絡してみるという手もあったが、今さらなんの用だと思われるんだろうなと思うと、やっぱり気が引けた。他の雑誌をあたってみようか。今はウェブマガジンを運営しているところもたくさんあるし、５年前よりも選択肢は多いはずだ。

「……持ち込んで、みようかな。ガッツはやめておくけど」

「ええっ、なんでよ」

　舞があからさまに残念そうな顔をする。

「色々理由があるんだよ」

　そう言い返すと「なるほど、さすがにちょテニと同じ雑誌は恐れ多いわよね」と勝手に納得していた。

「……持ち込んで、直したら、読んでくれるか」

　僕が尋ねると、３人は口々に「もちろん」と言って頷いた。

「楽しみにお待ちしてます」

「俺、感想言うのあんま得意じゃないけど。ヒデさんのなら余裕っす」

「お手並み拝見ね」

　僕は言葉に詰まった。受け入れられることを望んでいたはずだったのに、本当にそうなると実感が湧かなかった。こんな風に言ってくれる仲間を得られたことが、あまりにも信じられなくて。自分の卑屈な性格とは、もうずいぶん長いこと付き合ってきたつもりだ。しかし諦めてきたものの中には諦める必要のないものもあったのだと、今になってわかったような気がした。

「ありがとう」

そう口にすると、僕が礼を言うなんて珍しいと言って3人は面白がった。失礼な奴らだ。別に普段から感謝の言葉を出し惜しみしているわけじゃない。ただ、あまり安売りしすぎると、こういう時に伝わりづらくなると思っているだけだ。

食事を終えて各々が立ち上がった時、美影がぽつりと言った。

「『楽しみにお待ちしてます』って日本語、ダンジョンの最深部で勇者を待つラスボス感ありますよね」

なんとなく、わからなくもなかった。

それからは本当に忙しかった。美影と舞もぼちぼちコミケ用の原稿に取り掛かったようだ。帰宅後はそれぞれの部屋に籠もりっきりの日が続き、4人でのゲーム大会もドラマ鑑賞もしばらくお預けになった。

僕はバイトの合間にコミケ用の原稿を進めながら熊野を手伝い、空いた時間に出版社を探して持ち込みの申し込みをした。山頭社のライバル会社が刊行している、青年向けの月刊誌。フォームの案内に従って希望の日程を提出すると、翌日確認のメールが届いた。12月第1週の木曜日にアポイントが決まる。年末間際で編集部も大忙しだろうに、なんだか申し訳なかった。

ガッツの編集者にはだいたいオフィス1階にあるロビーの隅のデスクで原稿を見てもらっていたが、今回の「月刊リビドー」の場合は、編集部の階まで上がってくるよう言われた。エレベーターに乗り込み、作動音と共に大きくなる階数の表示を見ながら考える。ボロクソ言われたらどうしよう？　心臓が早鐘を打っていた。

「飯間英博さんですね。こちらへどうぞ」

エレベーターを降りると、ドアの脇に立っていた女性が言った。会議室のような部屋に通される。彼女はペットボトルのほうじ茶を2本持ってきたかと思うと、それをテーブルに置き、手元のカードケースから名刺を取り出した。僕に向かって差し出す。

「リビドー編集部の間瀬と申します。本日はよろしくお願いします」

驚いた。というのも、ガッツの編集者は皆男性で、女性社員は販売部や営業部に数人いるだけだったから。しかし考えてみれば何も不思議ではなかった。僕が今まで狭い世界しか知らなかっただけの話だ。

「すみません。僕、名刺がなくて」

「そうですか。構いません」

　間瀬さんははっきりした声で言った。聞き取りやすいが、あまり変化しない表情と相まって、感情の読み取りにくい声だった。白のような紫のような、ギャラクシー感のある色に染められた髪も手伝って、ＡＩじみた印象を受ける。

「こちらが原稿です。フォームに記入した通り、一次作品と二次作品どちらもです」

　僕はリュックのファスナーを開け、直近の同人誌とオリジナル作品のコピーを取り出した。まとめて間瀬さんに手渡す。

「拝見させていただきます」

　彼女は一次の方から先に読み始めた。

　パラ、パラ、と紙をめくる音が白い壁に響く。両方ストーリー漫画だったからよかったものの、もし見てもらっているのがギャグ漫画だったら、僕はドリル状に回転しながら壁にでも突進したくなったかもしれない。それくらい間瀬さんの表情は変わらなかった。

　じっと顔を見るのもはばかられるので、僕は視線をペットボトルに移し、自分のリュックに移し、それから爪に移した。連日熊野を手伝っているせいで、僕の手にもいつのまにか、あいつと同じインクの染みが付いていた。反対側の手でこすっても落ちない。いつまでも熊野のことを気にしてしまう自分みたいで、少し煩（わずら）わしかった。

「絵もページの作り方も上手いです」

どちらも読み終えると、すっと顔を上げて間瀬さんが言った。

「ただオリジナルの方は、キャラクターの情報がほとんど明かされていない点が気になります。二次創作は読者がキャラクターのことを知っている前提で話を進められますが、一次の場合は違うので、どのような人物なのか話の中で説明する必要があります」

「はい」

ガッツで連載を目指していた頃から変わらず、欠点を指摘される時はいつも心がざわめく。駄目出しされているのは僕の作品であって僕自身ではないと、わかっているのにどうしても落ち込んでしまう。せっかくのアドバイスを無駄にするなと言い聞かせて、手元に出しておいたノートを開いた。後で修正するためのメモを取り始める。

「全体が短いエピソードの寄せ集めになってしまっているので、始めに軸を考えるべきだと思います。『超絶テニス燃くん』だって、部内トーナメント編や強化合宿編といった区切りはあるけれど、一言で表せば超絶燃がテニスの世界チャンピオンを目指す話でしょう」

「ああ……はい」

「枝葉を増やすより、まずは幹の部分を作ることを意識してください」

「はい」もっともだった。

「あの……キャラクターに直した方がいいところはありますか。僕はもう長いこと二次ばかりだったので、自分で作ったのはずいぶん久しぶりなんです」

「そうですね……」間瀬さんは首を傾げる。

「個々のキャラクターは特に問題ありません。ただ、それぞれの繋がりがない。みんな独りよがりな印象を受けます」

僕は素直にメモを取ったが、そこで初めて、魚の小骨じみた引っ掛かりを感じた。キャラクター同士の繋がりって、具体的に何を描けば表現できるんだろう。会話のシーンは適度に入れているつもりだった。しかし強く印象付けられる場面となると、なかなか思いつかない。

僕の考えていることがわかったのか、間瀬さんはニュアンスを変えてもう一度言った。

「何もゼロから創作しようとしなくてもいいんです。飯間さんご自身が、今までの人生で絆を感じた場面はなんですか？　その時のことを思い出して描いてください」

――絆。

そんなものを感じたことが今まであっただろうか？　学校や職場でチームプレイをしたことはある。５年前や今のように、漫画の連載を手伝ったこともある。ただ、それは仕事を複数人で分担し、後から繋ぎ合わせただけの作業に過ぎない。誰かと共に取り組むことで、特別な関係や効果が生まれたとは思えなかった。

そもそも、僕はそういう道徳の授業で教わる類の言葉が好きじゃない。絆。愛。信頼。友情とか友達もそう。クリーム色も卵色もレモン色もまとめて黄色と呼ぶような——本当はもっと複雑で多様性があったはずのものを、ひとくくりにしてしまう軽薄さを感じる。

いつだったか、「私たちって友達なの？」と舞に訊かれたことがあった。あの時は、はっきり言って嫌気がさした。僕が大切にしているものを、たとえ当事者にだって雑に表してほしくなくて。関係の名前なんて決めなくてもいいじゃないかと、言いたかったけれど言えなかった。

その後も間瀬さんは何点かアドバイスをくれたが、修正が一番難しそうなのは、やはりキャラクター同士の繋がりについてだった。

原稿を見てもらったお礼を言ってから、僕はエレベーターで地上階に降り、オフィスビルを後にした。

悔しかった。友情や絆という言葉を嫌いながら、それに代わる表現を思いつけないことが。絆を絆と呼ばなければ、僕は絆すら描けない。けれど反対に、それを絆と呼んでしまうと、どうにも納得できないのだ。

電車に乗って駅から歩き、シェアハウスに帰った。またしても3人はいなかった。

「ただいまーっ」

ソファに座って原稿を読み返していると、直輝が帰ってきた。確か今日は全休で、用事はバイトだけだったはずだ。

「おかえり」

　僕は原稿の束をリュックにしまう。せっかく持ち込んだのだから、直輝たちに見せるのは修正が終わってからにしたかった。

「今読んでたのって、コミケ用のっすか？」

「違う。オリジナル」

「ああ。この前言ってたやつ。楽しみだなー」

　直輝は歯を見せて笑う。

「そうだ、訊きたいことあるんですけど」

「何？」

「サークル？　ブース？　同人誌を売る店みたいなのって、どうやって準備するんですか。調べてもよくわからなくて。何も用意しなくていいんですか？」

「いや、色々と必要だから持っていく。サークルスペースに椅子とテーブルだけが置かれていて、そこに各自クロスを敷いたり棚を置いたりするんだ。僕が一人でイベントに出ていた頃に使っていた道具があるから、それを使えばいい。ポスタースタンドもラックも揃ってる」

　イベントでは同人誌やグッズだけじゃなく、ディスプレイもサークルごとに個性があって楽しい。コルクボードを立てかけてポストカードやキーホルダーを飾ったり、スケブ用のポストを作ったり。今回は刷数が多いし、僕は過去の同人誌も増刷して出すから、スペースをフル活用するための工夫が必要になるはずだ。新刊以外はインデックスを付けて、ファイルボックスにまとめて入れたらわかりやすいかもしれない。そういうことをあれこれ考えるのも、サークル参加の醍醐味の一つだと思う。

「あと俺、何も考えずに燃のコスプレするって決めちゃったけど。真冬に半袖ってまずいですかね。小学生じゃないんだから」

「大丈夫じゃない？　屋内だし、熱気すごいし」

「そんなに？」

「眼鏡が曇るくらい」

「ひょえ～……」

　直輝は目を丸くし、ついでにどさりと僕の隣に腰を下ろした。服屋らしい防虫剤の香りの奥から、南国の早朝みたいな香水の匂いがする。それを鼻で感じた瞬間、自分がこういうタイプの奴と一緒に住んでるなんて、と改めて思った。僕は香水なんて買ったことも付けたこともない。直輝だけじゃなく、美影も舞も、普段は僕の知らない世界に居場所を置いて生きている。そんな僕たちが1つの漫画を通じて一緒に暮らすようになった事実が、今更とても不思議なことに思われた。

それから数日後、結局僕らは締め切りぎりぎりに入稿を済ませた。原稿を完成させたのは美影が1番、舞が2番、僕が3番。熊野の手伝いが想像以上に時間を食った結果だった。

「私、なんと脱稿しましたー。ヒデは？」

ある日の夜中、僕が熊野の仕事場から帰ってきたら、玄関で舞に迎えられた。彼女は腰に手を当て、映(はゆる)の生首へアゴムで前髪をチョウチンアンコウみたいにくくり、口にチョコレート味のアイスを咥(くわ)えていた。昨日まで「どうして締め切りがあると急にやる気がなくなるんだろう？　権利が義務になるから？」とか言って半泣きだったくせに。すべてを手に入れた王族の顔をしていた。

「訊くな」

僕が靴(くつ)を脱ぎながら言うと、彼女は勝ち誇った笑みを浮かべた。

「まだまだだね」

むかつく。デカい声で泣いてビビらせてやろうかと思った。

とはいえ目途(めど)は付いていたので、数日後にはまとめて入稿を済ませることができた。完成の少し前からツイッターにｗｉｐを載せ、終わってから改めて宣伝する。もちろんピクシブに見本を投稿しておくことも忘れずに。1冊でも多く売るために告知はすごく大事だ。コミケの参加者はどの本を買うか事前に目星を付けていて、効率よく回るために、当日は知らないサークルに見向きもしないことだって少なくない。

そして12月29日、いよいよ前日パッキングのお時間である。

まず始めに、僕らはそれぞれ自分の持っているキャリーケースを引っ張り出してきて、どれを持っていくのが最適解か議論した。と言っても、常に軽装備な直輝のは小さすぎたし、舞はブランド物だったので雑に扱われたくないと渋り、美影に至っては旅行の機会がなくキャリー自体持っていなかったので、実質、選択肢は1つきりだった。数年前に一生使うつもりで買った、丈夫な僕のキャリーに荷物を詰めていく。テーブルクロス、名札、お品書き用とポスター用のスタンドが1つずつ、持ち運び金庫、養生テープ、無配のステッカー、組み立て式のディスプレイスタンド、クリップ。それと僕が2年前に作った、爆裂学園レギュラー陣のイラストが入ったキャッシュトレイ。

最後尾札は美影が幼馴染から譲り受けたものを使うことにした。ラミネート加工されていて、水性マジックでサークル名や番号を繰り返し書ける優れものだ。しかしながら、過去のコミケでイラスト集を20部しか刷らなかった彼女の幼馴染が、なぜ最後尾札なんか作っていたのかは謎だった（美影いわく「あかちゃんは昔からそういう人」らしい。よくわからない）。

全部収めてからファスナーを閉めると、持ち上げた舞が「重い」と悲鳴を上げた。

「こんなん明日の電車の中で持ってくれるのは誰……!?　誰……」

「俺！　俺！　俺俺俺俺」

直輝が元気よく挙手をする。

「あんたは衣装があるだろ。そっちが潰されないよう守るの優先しな」

僕がたしなめると「それもそっすね」と肩を落とした。

「ってか、せっかくならちょテニの他のキャラとも写真撮りたいな。映のコスしてる人とか、いるといいんだけど」

「舞さんの元彼を誘えばよかったんじゃない」

「美影ちゃん、とんでもないこと言わないで！　今だからわかるけど、見た目が一緒でもほんと関係ないから。大事なのはマインド」

「確かに」

深く頷（うなず）き合う2人を尻目に「あんたなら、当日いくらでも知り合い作れるだろ」と僕は声をかける。

「だといいな」

直輝は照れ臭（くさ）そうな笑みを浮かべた。

パッキング後は簡単な夕食を摂（と）り、明日に備えて早めに眠ることにした。「おやすみ」と言い交わして各自の部屋に向かう。遠足が楽しみな小学生のような、ふわふわした高揚（こうよう）感が僕らの心を満たしていた。

布団に潜り込み、天井を見上げた。心臓の音がうるさかった。興奮して眠れないなんて馬鹿みたいだ。でも悪い気はしなかった。

　準備は何もかもばっちりだ。間に合って本当によかったと、心地よい充実感に包まれながら目を閉じる。やがて眠気が忍び寄ってくるのを感じた。何も心配はいらないと、ためらうことなく身をゆだねる。大丈夫。あれだけしっかり確認したのだから、明日は滞りなく進むに決まってる……。

　――はずだった。


　5時半にアラームの音で起こされた。洗面所で顔を洗う。冷蔵庫を開けて麦茶をマグカップに注いでいると、2階からかすかに物音がした。どこかに体をぶつけたような音だった。

「おぁようございます……」

　朝食のパンをかじっていると、直輝が階段を下りてきた。うつむき、片手で後頭部を押さえている。

「アイライナー落として、拾って起き上がろうとしたら机にぶつけました……」

　そう言いながら顔を上げた。

　不意を衝かれて、僕は息を呑んだ。燃がいる、と思ったから。まだウィッグは被っていないし、服だって寝間着のままだ。けれど吊り上がった眉と目、シャープな顎と鼻のラインは確かに燃だった。カラコンを装着した瞳が、炎を切り取ったように赤い。

「化粧、そんなに上手かったんだな……」

「かなり練習したんすよ。YouTube見たり、コスプレの先人にビデオ通話でアドバイスもらったりして」

直輝は得意げな笑みを浮かべ「みへ」と口の端を引っ張った。歯がギザギザになっていた。

「芸が細かい」

僕が褒めると彼は鼻息を荒くし、「俺もパン食べよっと」と言ってマウスピースを外した。

6時過ぎになると美影と舞も起きてきた。彼女たちは直輝と違って15分程度で化粧を済ませ、いまいち覚めきらない顔で「いよいよだねぇ」と言い合っていた。

7時ちょうどにシェアハウスを出た。

朝日が昇ったばかりの空は、淡いオレンジと水色が滑らかに溶け合っている。4人の白い息が煙のように立ち上っていた。寒さで張った空気の中を、僕らは無言で駅へと歩いた。それぞれの足音、僕の引くキャリーのガラガラという音が、ひとけのない年の瀬の道路に響く。

「……ねえ、コンビニ寄る？」

「なんでっすか？」

「途中でお腹すくだろ。菓子パンとか買ったら」

「私、チョコ食べたいです」

駅前に差し掛かった時、言い出しっぺの舞を先頭にコンビニへと足を向ける。買い物を済ませた後、改札を通って埼京線のホームへ上がった。いつもより混んでいる。僕と同じようにキャリーを持っている人もいたが、コミケなのか帰省なのか、明らかにオタクの見た目をした者以外は見分けがつかなかった。

やってきた快速線に乗り込み、運ばれること約30分。国際展示場駅で降りる頃には、僕たちは乗客に押し潰されてへろへろになっていた。人でごった返す中、はぐれないよう注意しながら出口へ向かう。ここまで来ると周囲の人々は全員コミケの参加者で、エスカレーターの脇に貼られたアニメのポスターを撮るシャッター音が、ざわめきに混じって前からも後ろからも聞こえた。

サークル入場であろう、大きな荷物を引きずる人々の群れについていく。屋根付きの通路をしばらく進むと視界が開け、逆三角形が特徴的なおなじみの建物が現れた。

「あぁ」

隣を歩く美影が小さく息を漏らした。その瞳に、揺らめくビッグサイトが映っている。

海の向こうの蜃気楼みたいだった。

　入場口でサークルチケットを提示し、中でリストバンドと交換してもらう。ホールに入り、サークルスペースへ向かった。

「更衣室あっちだ。俺、登録証買って着替えてきますね」

　衣装とウィッグを入れたラケットバッグを肩にかけ直し、直輝がそばを離れていく。

　残された僕らはサークルスペースに辿り着いた。木目調のテーブルに、パイプ椅子と印刷所のチラシが置かれている。ひとまず椅子を下ろし、チラシをどけて、キャリーからクロスを取り出した。

「ねえねえねえ、早く開けようよ」

　舞が脇に積み上げられた段ボール箱の山を示して言った。この中に、僕らが力を合わせて作ったアンソロジーが入っているのだ。

「直輝を待たなくていいのかよ」

「来た時に、じゃーんって表紙見せたいの」

　言うが早いが、彼女は蓋に貼られていたガムテープを剝がしてしまう。

「わぁ……」

　僕にもすぐに1冊手渡された。見本誌は既にシェアハウスに届いたのを見ていたが、当日会場で見るとやはり全然違う。しっとりした手触りと、懐かしいようなインクの匂い。

箔押しや遊び紙の種類も全部話し合って選んだ。同人誌なんてこれまで何冊も作ったことがあるのに、なんだかすごく特別な気分だ。ぱらぱらと最後までめくり、表紙に戻って、しばらく見とれ、またぱらぱらとめくっては、感動でぼうっとなってしまった。

「……刷ったのって、1000部ですよね？」

段ボール箱の山を見上げて美影が呟いた。

「すごい数だし、私がこんなこと言うなって感じだけど……こうして見ると、思ったよりも少ないですね」

確かに、スペースにあるのは小さめの引っ越し用段ボールが20箱ほどで、大した威圧感はなかった。配置を知った時は置き場所のことを心配したが、どうやら杞憂だったようだ。

「まあ、これで売れなくて全部在庫になったら、充分トラウマになるレベルの量だけどな」

僕が言うと、美影はヒッと息を呑む。

「あ！　2人とも見て！　燃！」

舞が示した方を見ると、衣装に着替えた直輝が戻ってくるところだった。白いキャップの下から、燃え盛る情熱の髪が覗く。使い込まれたテニスシューズにくるぶし丈のスポーツソックスを合わせ、爆裂学園のユニフォームを着ていた。

「えっ、すごい！　初めてとは思えないんだけど！」

「まあね。今朝ヒデさんには言ったけど、俺一人の力じゃないぜ」

直輝はその場でくるっと一回転してみせた。

それからどうにか設営を終え、見本誌標を貼ったアンソロジーを運営に提出し、隣のサークルに挨拶を済ませる頃には、もう午前9時を過ぎていた。

「外、すごい並んでましたよ」

トイレから戻ってきた美影が言う。アーリーの列に違いなかった。

開会15分前の一斉点検の後、4人でそわそわと座ったり立ったりを繰り返しながらシャッターが開くのを待った。買い物の分担はとっくに済ませている。始めに美影と舞が中小のサークルへ散り、直輝が会計の作業に慣れてきたら、僕がどちらかと交代して壁サーに並ぶ作戦だった。

「お待たせいたしました。ただ今よりコミックマーケット105、1日目を開催します」

ピンポンパンポン、とアナウンスの音が鳴る。開会の合図だ。サークルの参加者が一斉に拍手をした。アーリー組の入場が始まる。

美影と舞がいなくなった後、僕は直輝と椅子に座って人が来るのを待った。

「最初は立ち読みだけして通り過ぎる人が多い。買ってくれると勘違いすると恥ずかしいから気を付けろよ」

「はい……」

優しさのつもりで言ったが、これが後になって災いした。なんと最初から僕らのサークルめがけて来てくれた人がおり、「新刊ください」と言われたのだが、直輝は気を付けようと意識するあまりフリーズしてしまったのだった。

「おい、お釣り」

僕が慌てて肘で小突いたら、直輝は「ぁ、すまひぇん」と、燃なら絶対にありえない挙動で500円玉を金庫から出した。

「ガチガチで草」

買ってくれた参加者は新刊とお釣りを受け取ると、そう呟いて別のサークルへ歩き去っていった。

「もっとリラックスしたらどう」

僕が言うと、直輝は「……そっすね」と右手で左手首のリストバンドに触れた。刺繍された文字に、じっと視線を落とす。彼の表情がみるみるうちに変わっていくのを僕は認めた。寒さと緊張で腕に立った鳥肌も、潮が引くように消えていった。

「よし！　もうオッケーです」

「そう来なくちゃ」

僕は自分がにやけているのを感じる。新たな参加者が近づいてきていた。

しばらくすべてが滞りなく進んだ。僕と直輝は素早い受け渡しができるようになったし、在庫の段ボール箱もどんどん開いた。無配のステッカーと僕の既刊も順調に減っていった。ほどなく美影が戻ってきたので、交代して僕は買い物へ繰り出す。

ポケットの中のスマホが震えたのは、２つ目の大手サークルに並んでいる時だった。画面を見ると美影だった。

「もしもし。何？」

『あ、飯間さん。ちょっと妙なことがあって……』

迷うような間の後に、彼女は恐ろしいことを口にした。

『アンソロが足りないみたいなんです。直輝が売れた冊数をノートに記録してくれてるんですけど、在庫の箱はもう半分以上開いてるのに、まだ３００冊くらいで』

心臓が、嫌な感じに脈打った。言われたことの意味を考えながら、僕はとりあえず、列が進んだ分だけ足を前に踏み出した。

「……売上金額は？　そっちも確認してるでしょ」

『お金は売れた冊数と一致します。スペースに置いてあるアンソロの数が、予定の半分くらいしかないだけで』

おかしい。印刷所には確かに１０００部発注したし、メールで見た銀行の引き落とし額も間違いなかった。何度も確認したから絶対だ。

「もう1回、スマホの電卓か何かで計算してみて。それでもおかしかったら、一旦そっちに行くから」

本当に足りないなら一大事だった。残りの500冊はどこへ消えたんだ？　印刷所の刷数ミスか、それとも配達ミスだろうか。盗難？　取り違え？　ここで考えてもわからない。今並んでるサークルの本もあと少しで買えるのに、どうしてこのタイミングなんだよ……。

『計算しました。やっぱり足りないです』

耳に当てたスマホから、再び美影の声がする。

「わかった。すぐ行く」

僕は通話を切って列を離れた。あと少しで手に入ったはずの新刊のことを思うと名残惜しかったが、ぐずぐずしている暇はなかった。

幸い並んでいた場所は自分のスペースからそれほど離れておらず、すんなり辿り着くことが出来た。驚いたことに、長蛇の列ができている。予期せぬトラブルでもたついているせいでもあるだろうが、予想以上の頒布ペースだった。

「ノート見せて」

2人のことを信じていないわけではないが、念のために確認しておく。アンソロジーは1冊1000円。僕の既刊も同価格だし、注意していれば間違えるはずがない。現在の売上は約34万。うち1万は既刊だったが、それを加味してもやはりおかしかった。

「搬入部の窓口に問い合わせてくる。もしかしたら、間違えて別のサークルスペースに置かれてるのかもしれないし。わかったら直接取りに行く」

　焦る自分を隠してなんとかそう言ったものの、こんな事態に陥ったのは僕も初めてなので、窓口の場所がわからなかった。震える手でスマホを操作し、会場のマップを開く。

「なら、私たちのどちらかも飯間さんについていった方がいい」

　先頭にいた参加者から代金を受け取りつつ、美影が直輝に囁いた。

「直輝、１人で会計できる？」

「俺は……」

　直輝は唇を噛んだ。瞳が不安げに揺れる。それを見て、美影が力強く言った。

「私はできるから、直輝は飯間さんと一緒に行って。あなたの方が力もあるから、たくさん運べるし」

「大丈夫かよ。列すごいぜ」

「フードコートのバイト舐めないでよ。これくらい余裕だってば」

　２人の横で、マップを見た僕は思わず舌打ちした。搬入部窓口は東ホールの対角線上だ。ここからだと、かなり距離がある。

「行くぞ」

　不安げな直輝を引っ張って僕は自陣を離れた。

「グッドラック！」

美影が今生の別れみたいに大きく手を振っていた。

腕時計を見ると、ちょうど一般参加組の入場が始まる時刻だった。東から西へと繋がる通路は、そのせいかひどく混んでいた。インドの満員電車もびっくりの人口密度だ。ちっとも前に進まず、四方八方から圧迫されまくる。

「走らないで！　はーしーらーなーいーで！」

前方から、かすかに警備員の声が聞こえた。

見知らぬ人の背中が眼前に迫った時、不意にものすごい臭いがした。息を止めたが間に合わず、急速に意識が遠くなる。真っ白になりゆく脳内で、でたらめな歌が流れ始めた。

〽ああオタク　風呂に入れ
　　洗髪ってダルい　でも体は拭いてくれ
　　ああオタク　服も替えてくれ……

「ヒデ！　直輝！」

鋭い声に引き戻された。首をねじって振り向くと、人ごみの中を舞がすごい速さで近づいてきていた。ダッシュは厳禁なのでもちろん歩きだ。ただ、常人の1・5倍は脚が長く体が細いので、人と人との隙間をかいくぐってあっという間に追いついてきた。

「話は聞いた！　先に行く！」

そう言ったかと思うと、彼女は瞬く間に僕を追い抜いて通路の奥に姿を消した。

5分ほど遅れを取って、僕も搬入部窓口がある東6ホールに到達した。全身が汗ばんでいる。肩で大きく息をつくと、後ろから直輝にシャツの袖を引っ張られた。

「舞さんからライン来た。東の同じ番号のとこに間違えて運ばれてたみたいです。そっちも同じ印刷所で、かなり部数多いから開けてなくて今まで気づかなかったらしいって。何往復かしなきゃ、全部は移動させられないっぽい」

全身から力が抜けた。見つかってよかったという安心感と、こんな人だかりの中をどうやって運べばいいんだという絶望感。僕は出入り口の目の前で立ち止まってしまった。幾人もの参加者が、迷惑そうな顔をして傍らを通り過ぎていく。

「……西側も、東と同じでサークルがいっぱいなんですね？」

直輝が首を傾げて言った。

「じゃあ俺、デカい台車持ってるサークル探して借りてきます」

「いいのか」

そうしてくれると助かった。しかし今日の直輝は類を見ないほど緊張していて、それじゃあ頼むと役割をあっさり押し付けるのはあまりに忍びなかった。

僕の考えていることがわかったのか、直輝はギザギザの歯を見せてニッと笑った。

「責任者はヒデさんでも、俺ら4人のサークルじゃないっすか。それに、こういう時に発揮しなきゃコミュ強の意味ないでしょ。どうぞ先に行って舞さんと合流してください」

そうして、迷いのない足取りでホールの中へ入っていった。

1人きりになった僕は、スマホで西地区のマップを確かめた。自分たちと同じ番号のサークルがあるスペースへ向かう。

興奮と緊張と疲労のせいで体が重く、1歩ごとに足を持ち上げるのがひどく億劫だった。汗がこめかみを流れていく。不安で仕方なかった。けれど大丈夫だと強く思えた。必ず運べるし、残りの500冊も必ず売れるという確信に近い予感があった。なぜ？　その瞬間、一筋の光が差すように、ある言葉が脳裏に蘇った。

——今までの人生で、絆を感じた場面はなんですか？

他でもない今だった。困った。これまでさんざんそういう言葉は嫌いだと考えていたのに、突然理解できてしまった。僕にできなくて、他の3人にできることがあって、それぞれが作用し合った結果、こうして状況が動いている。互いを信頼して任せるこの繋がりが、単なる共同作業のはずがなかった。

僕らの性格を一言では言い表せないように、多種多様な関係を一言で語ろうとは思わない。ただ、今の僕にはもう描けるはずだ。真っ赤に燃える石炭みたいに、体の底からエネルギーが湧きあがるのを感じた。

「ヒデ、こっち」

僕が歩み寄ると、段ボール箱の山の前に立つ舞が手招きした。

「あ、直輝も来た」

背後から、ガラガラと台車を押す音が近づいてくる。思っていたよりもずっと早い到着だった。

3人で手分けして台車に在庫を積み上げた。どうにかすべて載せられたが、上の方のバランスが悪く、不安定に揺れている。崩れたらたぶん2、3人は下敷きになって死ぬだろう。僕が台車を押し、直輝と舞が左右から支える形で東側まで運ぶことになった。

「通してくださーい」

「道を開けていただけると喜びまーす」

「舞さん、なんすかその丁寧(ていねい)構文」

「日頃の営業で染みついてんのよ」

2人はこんな時にまでくだらない会話をしている。「ちゃんと誘導してくれよ」僕は不安になって釘を刺した。何しろ、こっちは目の前に積み上がった箱のせいで前が見えないのだ。

実際は15分も経っていないかもしれない。しかし自陣に着く頃には、もう3日くらい台車を押し続けた気になっていた。

「あ、やっと！」

たった1人で列をさばいていた美影が歓声を上げる。無配のステッカーと既刊はなくなり、ちょうど手元にあった分のアンソロジーを売り切ったところらしかった。

僕らは怒濤の勢いで頒布を進めた。出ずっぱりだった直輝が休憩がてら企業ブースに出かけ、ほくほくした顔で戻ってきたこと以外は、一瞬の暇もなかった。

午後3時過ぎ、周りのサークルが続々と撤収作業を始める中、ようやく最後の箱の封を開けた。4人で顔を見合わせ、すぐに中身をクロスの上に並べる。列は既に消化しきっていたものの、まだぽつぽつと覗きに来てくれる人がいた。

「ラストです」

最後の1冊を手渡す時、美影が感極まった声で言った。本からなかなか手を離さない彼女に、買ってくれた参加者は「はあ」と少し困った顔をしていた。空っぽになったテーブルを前に、僕らはしばらく放心する。「そろそろ……」とスタッフが撤収を促しに来るまで、誰も、何も言わなかった。

ちょテニのサークル全体での大規模な飲み会に誘われていたが、大人数と会話をする気力はなく、断ることにした。直輝だけは最後まで元気で、更衣室の前で爆裂学園レギュラー陣のレイヤーたちと写真を撮っていた。

小銭で一層重くなったキャリーを引きずって電車に乗り込む。並んで座り、うつらうつらしながら無言で池袋まで運ばれた。

誰からともなく、打ち上げだと言い交わして4人で駅前の居酒屋に入った。しかし疲れのあまり乾杯したきり沈黙が続き、グラスの側面が音もなく水滴で湿っていく。今更ながら、1000部はちょっとやりすぎたんじゃないかと思った。たくさん売れたら嬉しいし、そりゃ今回は売り切れたからいいけれど、もし残ったら大赤字だし、在庫の置き場所にも困る。それにこんなにへとへとになるなら、部数はそこそこで買い物に時間をかけた方が良かったんじゃないか。かってない達成感と充実感を得られたのは、間違いないけれども。

「コミケ、終わっちゃいましたけど」

半分ほど残ったビールのジョッキを片手に、美影がぽつりと言った。

「……私たち、引き続きあの家に住んでいいんですか？」

そうだった。もともと僕はそんな感じの書き方で、ルームメイトを募集したのだった。
1．『超絶テニス燃くん』の同人活動をしている方。小説、漫画などジャンルは不問。
2．共に今年12月のコミケにサークル参加可能な方。
期限は決めていなかった。コミケが終わったら解散するのか、しないのか。判断は終わった後の僕——今の僕にゆだねていた。

顔を上げ、3人の目を順番に見た。どの目も僕の答えを待っていた。

この生活をいつまで続けられるかわからない。いつか誰かがオタクをやめるかもしれないし、深いところでわかり合えない寂しさに耐えかねるかもしれない。結婚や就職で東京を離れるかもしれないし、各々の違いに愛想を尽かしてしまうかもしれない。けれども、今やめる理由がないのなら、やめる必要もないと思った。現に僕は、今ここでシェアハウスを解消する理由を見つけられなかった。

「……住みたいなら、住めば」

僕が答えると、3人はくすくす笑いながら顔を見合わせた。「あまのじゃく」とかなんとか囁き合っている。ムッとしたが、からかわれるのが嫌で聞こえないふりをした。

「あれぇ、今井さんじゃないですか」

食事を終えて会計する時、斜め後ろから声をかけられた。振り返ると、熊野のところの男性アシスタントが立っていた。

「偶然ですねぇ。池袋にお住まいなんでしたっけ？　そのキャリー、もしかしてコミケの帰りですか」

酔っているのか、彼はいつも以上にフレンドリーに話しかけてくる。聞けば同じくコミケ帰りで、熊野の頼みで東ストの同人誌をすべて買ってきたとのことだった。

「今井さぁん、先生をよろしく頼みますよ。俺だけだと、ほんと、おっちょこちょいで全部はカバーできないんです。同期のよしみで、ね、お願いしますよ……」

「そんなこと言われても」

「あの」

混乱した顔の直輝が割り込んでくる。

「どういうこと？　飯間さんっすよね。この人」

「違うよぉ」

アシスタントは首を振り、酔っ払いの声で答えた。

「この人はぁ、今井ヒロヒデさん。熊野先生の同期で、『東京ストラテジスト』の臨時アシスタントでーす」

「「「はぁ!?!?!?!?」」」

３人の叫びが重なった。

「どういうこと」

「理解が追い付かない」

「今井がペンネームってこと？」

瞬く間に詰め寄られ、僕はキャリー片手に後ずさりする。

「店の迷惑になるだろ」

アシスタントに別れを告げ、騒ぐ3人を連れて外に出た。寒さに身を縮めながら思う。

本当に、こいつらといると何か起こってばかりだな！　どんくさいし、うるさいし、子供っぽいけれど、そんな僕もやはりあの家に住む仲間の1人なのだ。

「説明は帰ってから！　家同じなんだから」

大声でたしなめると、反動で吸い込んだ冷気で喉が震えた。空には星が瞬いている。体の中で温められた空気は、笑い声に変わって夜に溶け出していった。

※この作品はフィクションです。実在の人物・団体・事件などにはいっさい関係ありません。

集英社オレンジ文庫をお買い上げいただき、ありがとうございます。
ご意見・ご感想をお待ちしております。

●あて先
〒101-8050　東京都千代田区一ツ橋2-5-10
集英社オレンジ文庫編集部 気付
泉　サリ先生

おたくの原稿どうですか？

池袋のでこぼこシェアハウス

2024年12月24日　第1刷発行

著　者　泉　サリ
発行者　今井孝昭
発行所　株式会社集英社
〒101-8050東京都千代田区一ツ橋2-5-10
電話【編集部】03-3230-6352
【読者係】03-3230-6080
【販売部】03-3230-6393（書店専用）
印刷所　TOPPAN株式会社

ISBN 978-4-08-680593-3 C0193